お隣の天使様にいつの間にか
駄目人間にされていた件
Vol. 5
佐伯さん
イラスト はねこと

「ちょっと恥ずかしいですけど、でも、嬉しいです」

「お待たせしました。
……どうですか？」

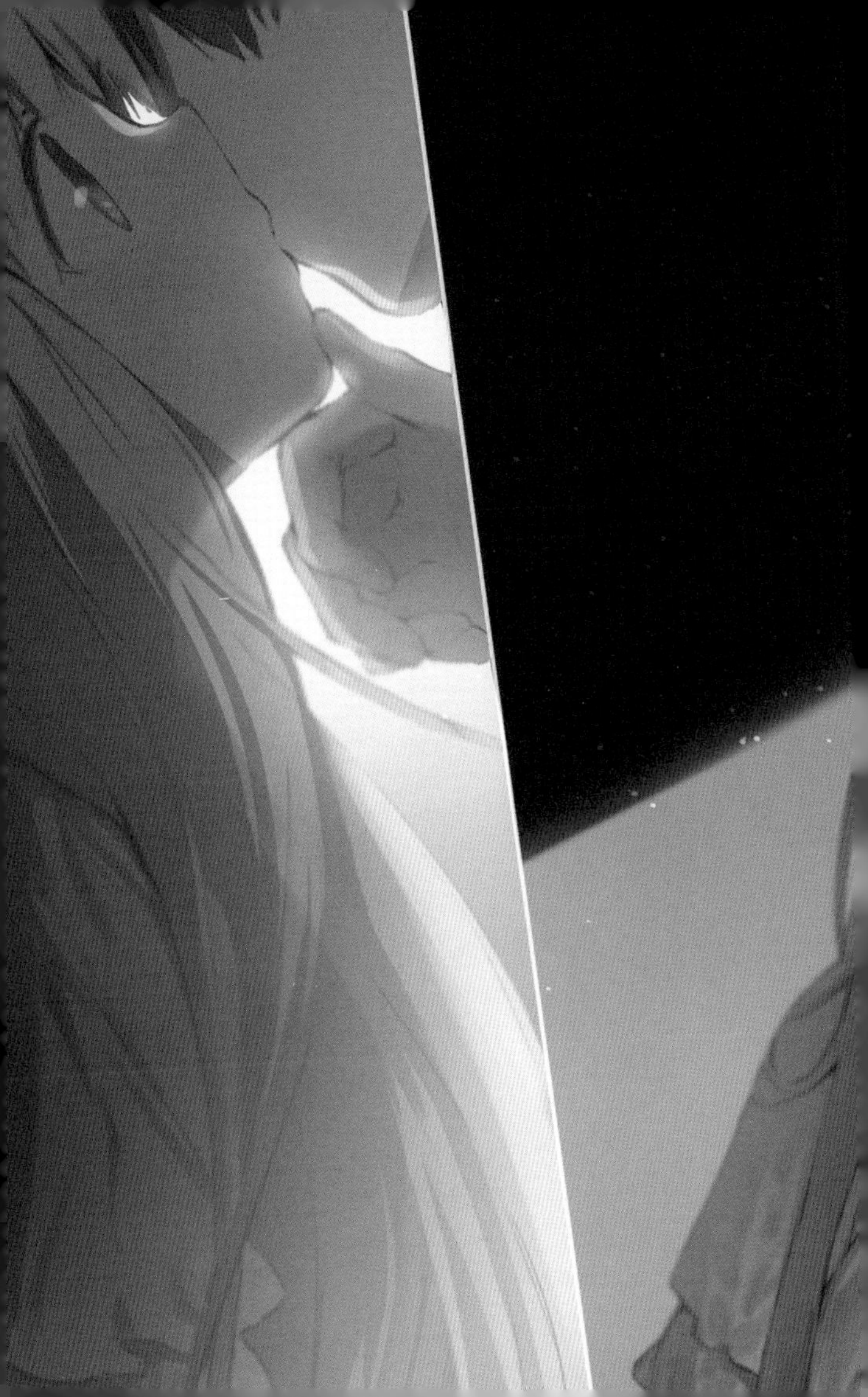

目次

藤宮周

進学して一人暮らしを始めた高校生。
家事全般が苦手で自堕落な生活を送る。
自己評価が低く卑下しがちだが心根は優しい性格。

椎名真昼

周のマンションの隣人。
学校一の美少女で、天使様と呼ばれている。
周の生活を見かねて食事の世話をするようになる。

お隣の天使様にいつの間にか
駄目人間にされていた件 5

佐伯さん

GA文庫

カバー・口絵・本文イラスト
はねこと

第1話　告白の翌日の事

真昼《まひる》と付き合う事になった。

文にすればこんなにも短くまとまるというのに、周《あまね》の心は感情で溢《あふ》れていてうまくまとまらなかった。

告白した日、就寝時間になり真昼が家に帰った後も、どこか夢見心地のようで落ち着かなかった。

人生で初めての恋が、それも心の底から惚《ほ》れ込《こ》んだ相手と結ばれたのだ。浮かれてしまうのもさもありなんといったところだろう。

出会って半年強、と言えばそう長くは感じないが、距離が近い片想《かたおも》いだったため恋していた時間が非常に長く感じられる。

明確に好きだと思ったのは新年に入ってしばらくしてからなので、期間で言うなら四ヶ月あるかないか。

たった四ヶ月と取るか、四ヶ月も、と取るかは人によって違うが、周としては随分と長かった。初恋は実らないというが、それは周達には適用されなかったらしい。

結ばれたのは嬉《うれ》しいが、これからどうすればいいのか、具体的な経験が全くない周には分からない。翌日からどう接すればいいのか、分からない。

嬉しさとあまりに考える事が多すぎたことから深い眠りに就《つ》けなかった周は、告白の翌日、微妙に寝不足気味の状態で真昼を迎え入れる事になった。

「……あの、お、おはようございます」

おはようと言うには昼に近すぎる時間帯にやってきた真昼は、周と同じようにぎこちなさを隠しきれない微笑《ほほえ》みを浮かべていた。

体育祭の翌日は休日なので、真昼がくるのはおかしくもない。付き合う前からも頻繁にこの家を訪れていたし、特に変わりはなかった。当たり前の光景だ。

違うのは、関係性が変わった事によるお互いの距離感だろう。

付き合う前よりむしろ距離が出来ているのは、意識しているせいに違いない。

普段なら慣れているが故にするりと家に入って我が家のように、といっても本人の性質上お上品に寛《くつろ》ぐのだが……今日ばかりは、緊張のようなものがある。

ただ、緊張は周の方がひどい。今までのように気軽に挨拶《あいさつ》が出来ず、微妙に視線を泳がせながら「……おはよう」と小さな声で返事するのがやっとだった。

微妙な距離を保ったままリビングのソファに二人して腰掛けるが、その距離はいつもより空いてしまう。

「その、……あ、周くん、ちょっと眠そうですね」

「いや、まあ……何というか、嬉しくて寝られなかったというか」

まごまごとした口調で呟《つぶや》く周に、真昼は納得したようで先程よりもほんのりと頰《ほお》が色付いている。

「う、嬉しくて幸せな気持ちで熟睡してしまった私は呑気《のんき》なのでしょうか……」

「い、いや、いい事だから！　俺《おれ》がこう、色々考えたり浮かれすぎて、遠足の前の子供みたいな事になっただけだし！」

「……周くんも、嬉しいですか？」

「そりゃあその……当たり前だろ、好きな子と気持ちが同じって分かったんだし……嬉しいし、意識せざるを得ないというか」

今までこういった事に縁がなかったので、好きな人と想《おも》いを重ねて歓喜で打ち震えそうになるくらいだ。その分、どう接していいかも分からなくて困っているのだが。

両親のソレはあまり参考にならない。

あの二人は息子である周から見ても普通より仲がいい、というかよすぎるまである。家の中だけとはいえ平然とキスをするぐらいなので、あれを基準にするとお互いに羞恥《しゅうち》で死にかねない。

恋人へどう接したらいいのか、という問題を抱えつつ言葉を返す周に、真昼はへにゃりと力が抜けきったような笑みを浮かべて、そのまま周にくっつこうとするので――思わず、肩を摑《つか》んで制止してしまった。

　ぴきっと固まる真昼の表情に、失敗を悟った周は慌てて止めた手を離して振る。

「ち、違うんだぞ、嫌とかではなくてだな……こう、改めて、寄り添うのが気恥ずかしくなったというか。急にされたら、なんか恥ずかしいというかですね」

　尻《しり》すぼみの敬語になってしまうのは、気まずさからだ。

　今までは触れるくらいに近い距離感で居たしそれが当たり前になってしまっていたのだが、こうして関係性が変わってから同じ距離感で居ると、恥ずかしさが込み上げてくる。

　今までも羞恥を覚えなかった訳ではないのだが、認識が変わってから余計に意識してしまう。

「……恋人なんだなって思ったら、落ち着かない。付き合うのは初めてだし……」

「その、私も落ち着いている訳ではないのですけど……それより、周くんの側に居たいって気持ちの方が、強いというか。せ、折角、お付き合いを始めたなら……気持ちに素直な方が、いいと思って」

　微《かす》かな羞恥で声を震わせつつも周をおずおずと見上げて呟く真昼の、あまりのいじらしさに周は呻《うめ》き声を嚙《か》み殺《ころ》した。

「その、もうちょっと、寄っても、いいか」

「……喜んで」

本当はぬいぐるみのように抱き締めて愛《め》でたい気持ちがむくむくと湧《わ》いていたが、それをすると周の羞恥と理性が暴《あば》れ出《だ》してしまいそうな気がするので、寄り添う程度に留《とど》めておく事にした。

真昼はそれでも嬉しそうに、幸せだと言わんばかりのあどけない笑みを浮かべて周の腕に少しもたれる。

実を言えば、付き合う前でも真昼が周にくっついてくるのは、最近ままあった事だ。ただ、付き合う前より緊張するのは、周に度胸も経験もないからだろう。

（……これから、どうすればいいんだろう）

寄り添っただけでいいのだろうか、と悩んでしまう。

周は交際経験ゼロ、真昼が初めての恋人になる。

それは真昼も同様なのだが、やはり同じ経験値といえど男性側がリードしたいと思うのは仕方ないだろう。

ただ、リードしようにも何も知識がなかった。

昔の事もありあまり他人に興味を抱いてこなかったし、男にしては比較的薄い欲求のせいで女子との交際を夢見る事もなかった。悲しい事に、周の意欲は勉学面と趣味に注《そそ》がれてきて、肝心な恋愛に関する知識に欠けていた。

周の乏しい知識では、付き合った男女は手を繋《つな》いだりデートしたりキスしたり、仲が深まれば体を重ねたりといった事をする、くらいのものだ。

手を繋ぐ事とデートはともかく、いきなりキスしたりそういう行為に持ち込むのはあり得ない。ではデートすればいいのでは、という事になるが、それだけで付き合うという事ではないだろう。

真昼を喜ばせたいし一緒に幸せになりたい周としては、致命的なまでに知識が身に付いていない事に軽い絶望を覚えていた。

「……どうかしましたか？　や、やっぱりくっつくのが嫌とかでは……」

「え、いや違うんだ。不安にさせてごめん」

無言で真剣な表情で悩んでいた周を見て嫌なのかと勘違いさせてしまったようで、自分に情けなさを覚えてしまう。

「考え事をしていた、というか……その、やっぱり当事者でもある真昼にも聞いていいだろうか」

「は、はい」

彼女は彼女で周との交際が初めてなので聞くのも悪い気がしたが、初めて同士で相談するのがよいのかもしれない。一人で悩むよりは二人で話し合った方がいいだろう。

「あのさ、俺達、その……付き合い始めた訳だけど」

「はい」

「……付き合うって、具体的になにすればいいんだ」

「え？」

どんな問いが飛び出てくるのかと身構えていた真昼は、呆気《あっけ》にとられたような顔をしていた。

我ながら馬鹿《ばか》な質問をしているとは自覚していたものの、こちらとしては真剣だ。

「い、いや、付き合うのとか初めてだし……具体的にどうするってのが分からないというか」

「……そ、そういえば」

やはり真昼も異性に縁のない、真昼の場合正しくは異性に興味を抱かない日々を過ごしてきたらしく、周の悩みにやや困ったような表情を浮かべていた。

「何か思い当たる事はあるか？」

「……手を繋ぐとか？」

「普段からしてるな」

「お休みを一緒に過ごすとか」

「日常だな」

「おでかけするとか」

「まあやってるな」

「ぎゅっとするとか」

「やってる」

残念ながら真昼も同じくらいの知識しかなかったらしく、挙げたものはそもそも経験済みのものだった。

恋人らしい事、と言われても急には思い付かないだろうし、仕方ないだろう。

恋人って具体的にどうすれば……とため息をついた周に、真昼がおずおずと周の服の裾《すそ》を引っ張る。

どうかしたのかと改めて真昼を見ると、何故《なぜ》かほんのりと顔を赤らめていた。

「……その、言いにくいというか、言うのが恥ずかしいのですけど……っ、付き合ってなかっただけで、普段から恋人同士みたいな事してたのでは……？」

真昼の言葉に、沈黙が訪れる。

（……言われてみれば、いや、言われなくてもそうだよな……⁉）

ナチュラルに同じ空間で過ごしたり手を繋いだりお出掛けしたりしていたが、そういったものは普通親しい男女がするものなのだ。

勿論《もちろん》、最初は分かっていたのだろうがあまりにも日常になりすぎていて意識していなかったのだろう。

「わ、私も、周くんに振り向いてほしくて一生懸命頑張ってましたけど……よ、よく考えれば、恋人がする事、でしたよね、と」

「……そ、そう言われれば……」

「ですから、変に恋人って意識するより、いつもみたいに……その、触れ合ったり、一緒に過ごしてるだけでも、いいかなって。それに、無理に形に合わせなくても、私達は私達なりに……その、付き合っていけば、いいのでは……？」

自分達なりに、という言葉が、胸にストンと落ちた。

（……別に、枠に囚《とら》われなくてもいいのか）

恋人の振る舞いとは何かと焦《あせ》っていたが、別に焦る必要はないのだ。真昼は周の事が好きだし、周は真昼の事が好きで、付き合っている。その事実だけあればいい。

背伸びなんてせずに、二人でゆっくりと互いの理解を深めていけばいい、それだけの事だったのだ。

「そうだな。ごめんな、何か……余裕とか全然なくて。初めてだから、どうしていいのか分からなかったんだ」

「……はい」

「その、なんだ。……いつも通りだけどさ……これからは、その、好きって気持ちは込めるから」

決意も込めて真昼の手を包むように握ると、元々赤らんでいた真昼の頰が赤みを増した。恥じらうように瞳《ひとみ》を伏せて、それでも周の手を握り返して周の二の腕にもたれる。

「周くん」

「うん」

「……これだけで、幸せですよ」

「そうだな」

か細く囁《ささや》かれた声に同意して、側にある温《ぬく》もりを静かに堪能した。

第2話　二人での登校とお披露目

「周《あまね》くん、起きてください」

自分を呼ぶ優しい声がする。

心地よいまどろみの中、囁《ささや》くような柔らかい声に「ん」と小さく返事をして、重たい瞼《まぶた》を持ち上げゆっくりと目を開ける。

眠たさからか滲《にじ》んだ視界に、窓から差し込む陽光に淡く照らされた愛《いと》しの少女が映っていた。

ベッドに片膝《ひざ》をついて周を揺すっていたのか、前屈《まえかが》みの体勢で藤のように亜麻色の髪が流れ、揺らいでいる。

「……真昼《まひる》?」

「はい。おはようございます」

確認のために名前を呼んでみれば、聞きなれた声で頷《うなず》かれた。

どうやら自分が寝ぼけている訳ではなく、現実に真昼が居るという事で頭が軽く混乱していたようだ。真昼があまりにも当たり前のように周の部屋に居るため、つられるように混乱も引いていく。

した。


「……おはよう。なんで真昼が?」

「昨日話した事、覚えてないのですか」

む、と微妙に眉《まゆ》を寄せた真昼に「昨日」と返して、それから遅れて昨日のやり取りを思い出した。

「月曜日から一緒に学校に行ってもいいですか?」

日曜日、別れ際に真昼がそう切り出した。

どこかもじもじと落ち着かない様子で不安げに見上げられて、周も微妙に落ち着かなくなる。

真昼が恐る恐る言ったのは、周が交際関係を隠すか否《いな》かというものを確認するためだろう。

一応話し合って、公にする事に決めていたのだが、不安になったらしい。

周としてはもうあんな公開告白まがいの事があったので隠し通せるとは思っていなかったし、いっそ開き直って付き合う事になったと言ってしまうつもりだった。

「ああ、いいぞ」

「ほ、ほんとですか?」

「嘘《うそ》ついてどうするんだよ」

周の承諾に、真昼の瞳《ひとみ》に混じっていた不安げな色は払拭《ふっしょく》され、歓喜の色が宿る。

小さくはにかみながら囁かれた「ずっと一緒に学校に行きたかったんです」という言葉にこ

ちらの心臓が跳ねてしまったが、彼女は気付いた様子はなく、明るい表情を浮かべていた。

「じゃあ朝周くんのおうちに行きますね。ついでに一緒に朝ご飯食べればいいですし」

「お、朝から出来立ての真昼のご飯食べられるのはラッキーだな」

「お弁当の残りですからね。……周くんのお弁当も、作っていいですか」

「それは願ったり叶《かな》ったりだな」

朝ご飯を作ってもらえるというだけでも幸せなのに、昼も真昼の料理を食べられるのだから喜ばずにはいられないだろう。

真昼ももう他人に遠慮する事をしなくていいと晴れやかな表情で、見ているこちらが嬉《うれ》しくなるし、同時にくすぐったいというか気恥ずかしさも覚えた。

(明日からは、一緒に行くんだな)

今までは、真昼との関係を匂《にお》わせないために、時間をずらして登校していた。

これからは、もうその必要がなくなるのだ。

学校で交際を公にするのはやっかみも飛んでくるであろうしやはり不安もあるが、何より真昼が喜んでいるし、彼女の側に居られる事は嬉しかった。

嬉しそうに笑う真昼を眺めて「俺《おれ》も明日から頑張らないとな」と小さく呟《つぶや》いた。

「……あー」

寝起きの頭がようやく覚醒《かくせい》し始めたのか昨日の事を思い出して、周は小さく呻いた。

嫌とかではなく、単純に寝起きに真昼の顔はいささか心臓に悪かったので起こしてもらうのは考えものだよな、という理由だ。

真昼は周の様子を見て呆《あき》れた様子を見せている。

それは本気というよりは仕方ないなといった微笑《ほほえ》ましそうなものなので、周としては申し訳ないやら恥ずかしいやらで唇の辺りにもにょもにょと力がこもってしまう。

「全くもう、忘れんぼさんなんですから。……ほら、着替えて顔洗ってくださいね」

「あいよ」

真昼はその間にご飯の支度《したく》をするのだろう。

あくびを噛《か》み殺《ころ》しつつベッドから体を起こして、着ていたシャツを脱ぐと「ひゃあっ⁉」と裏返った声がすぐ側から聞こえた。

脱いだシャツをベッドに一度置きつつ真昼の方を見れば、真昼は固く目を閉じてぷるぷると震えている。頰《ほお》はみるみる内に染まっていった。

「で、ですから、前にも言いましたけど私が居るところで脱がないでくださいっ」

目の前で脱いだからか動揺も露《あらわ》な真昼に、周としてはやはり苦笑するしかない。

「別に男だし見られても困るものじゃない」

「私が困ります……」

「見せたい訳ではないし見慣れろとは言わないが、夏場プールとか行けなくなるぞ」

あまり異性の体に免疫がないらしい真昼に、今まではどうしていたんだ……と思ったが、彼女はそもそも泳げないらしいので、何かしら理由をつけて休んでいたのかもしれない。

性格的には真面目《まじめ》な真昼がさぼるというのは想像つかなかったが、全く泳げないから水泳が必修科目でない高校を選んだほどらしいので、もしかしたらありえるのかもしれない。

夏にプールに行くかもしれないという曖昧《あいまい》な約束をしているので、あまり意識され過ぎても困るし、そもそもプールだとその辺の男が半裸で居るので彼女が耐えられるかも不安になってきた。

「う。……ぜ、善処します……」

真昼もそれは自覚しているのかか細い声で呻くように返事した後、恐る恐る瞳を開けて周の体を視界に映している。

微妙に半泣き気味の真っ赤《まか》な顔で震えながら周の上半身を見た真昼は「うぅ」とやはり呻いた。

正直、まだ周の胴体は色っぽさとかそういったものを滲ませられるほど鍛えられてはいない。

真昼と釣り合うためにもと鍛錬を積み重ねてはいるが、すぐに見た目として結果が出てくるものでもない。

勿論《もちろん》真昼と出会った頃に比べたらがっちりとした体つきになってきたし、筋肉の隆起もうっすら分かるようになってきた。

ただ、視線を逸《そ》らす程かといえば違うだろう。

（……これ、慣れてもらわないと、もしもの時に困りそうな)

真昼と深い関係になるのはずっと先の事だろうが、もしその時まで免疫がつかなかったら色々と滞りそうな気もする。

ただ、周も周で真昼の体を見たら動きが止まりそうな自信もあるので、ある意味お互い様かもしれない。

「……あー、その、何だ。……先にご飯作っててくれ」

あらぬ事を想像してしまってこちらも顔が赤くなってきてしまったため、同じ顔の赤い真昼にそう声をかければ「じゃあお言葉に甘えてっ」と脱兎《だっと》のごとく逃げていく。

その背中がドアの向こうに消えてから、周は近くの壁に一度頭を打ち付けて「朝っぱらから何考えてるんだ」と小さく呻いた。

洗面所の鏡には、あまり見慣れない自分が映っている。

制服姿なのはいつもの事なのに、首から上がいつもの自分ではない。かといって全く見覚えがないかと言えばそうでなく、時折真昼に見せる姿でありながら私服でない事に対して違和感があるという事だ。

目に全くかからなくなった黒のカーテンをちょいちょいと指先で弄《いじ》りながら調整する。

女子と違って化粧の必要がないだけ楽ではあるが、それでもこうして念入りに整えるのはあまり慣れなかった。

「……周くん」

背後から、声がかかる。

鏡越しに登校の準備を終えた真昼が洗面所に居る周を呼びにきたのが見えた。

振り返って彼女の顔を見れば、ほんのりと彼女の顔が曇っている。

「どうかしたか？」

「……嫌じゃないですか？」

「何がだよ」

「……その髪型」

「ああ、その事か」

ややためらいがちに切り出された言葉は、周を心配するものだった。

真昼にはこの髪型で登校するのを拒否していた姿しか見せてこなかったから、こうして周が例の男と結び付くようになるのが不安だったようだ。

周としては、自分が望んだ事だし嫌ではない。ためらいがないと言うのも嘘になるが、真昼の隣に堂々と立つ事を決めたのだから、真昼に恥をかかせない姿の方がいいだろう。

際立《きわだ》ってイケメンという訳ではないが、樹《いつき》や優太《ゆうた》からは整っているとお墨付きではある。とりあえず真昼にセンスがないとか趣味悪いといった声は向けられないと思いたい。

「別に嫌じゃないよ。真昼は嫌か？」

「……嫌じゃないですけど、……ちょっとだけ、複雑です」

「複雑？」

「……独り占め出来なくなるなって」

もぞりと体を縮めていじらしい事を呟いた真昼が可愛《かわい》らしくて仕方なく、小さく笑ってぼさぼさにならないように注意しながら真昼の頭を軽く撫《な》でた。

「じゃあ今の内に独り占めしておくか？」

「……しておきます」

正直冗談のつもりだったのだが、真昼が素直に頷いて周の胸に額をぶつけてくる。

まさか本当に頷くとは思わず、言い出したのは自分なものの多少たじろいでしまったが、ぐりぐりと胸板《むないた》に額を押し付けてくる姿に自然と口元が緩《ゆる》んでしまう。

あまりの可愛《かわい》さに手が勝手に頭を撫《な》でてしまったのはおかしな事ではないだろう。

頭一つ分は背が低いので胸板に顔を埋める事になった真昼は、周を離すまいとシャツの布地を摑《つか》んでいる。

ちらりとこちらを見上げてくる姿は、やはり心細そうな印象を抱かせた。

「……周くんはかっこいいから、他の女の子にたくさん話しかけられちゃいそうです。正当な評価は嬉しいですけど……」

「かっこいいかの是非はともかく、俺が真昼以外見るとでも？」

「それはないです。けど、心情的な問題です」

「やきもち？」

思わず聞いてしまうと、一気に頰を赤らめて、それでも素直に「はい」と肯定してぐりぐりと胸に額を押し付けてくる。

かなり照れているのか、亜麻色の髪から覗《のぞ》く耳まで赤く染まっていた。

「大丈夫だよ。仮に声をかけられたところで、俺は真昼以外興味ないから」

やきもちをやかない理由にはならないだろうが、周にとって他の女性は恋愛対象ではない。ここに可愛いやきもちをやく最愛の女性が居るのに余所見《よそみ》する訳がないのだ。

そもそも、周は極親しい人間以外は極論どうでもいいし興味がないので、見向きすらしない自信がある。見かけがよくなったからと急に接近してくるような女性は、周の親しい身内枠に入れる筈がない。

「……それは知ってます。だから、付け入る隙《すき》がないくらいに私が周くん大好きとアピールします」

「ほどほどにしてくれよ。……他人にあんまり真昼の可愛い顔見せたくないし」

「……周くんはすぐそういう事を言う！」

何故《なぜ》かぷりぷりと怒り出してしまった真昼に慌てて頭を撫でて宥《なだ》めるのだが、真昼はぽこぽこと胸板を叩《たた》いてくる。

「周くんはナチュラルにそういう事言うから駄目なのです」

「駄目って」

「心臓に悪いです」

「それは俺の台詞《せりふ》というか……真昼だって、ナチュラルに甘えてくるから時々俺死にそうなんだけど」

むしろ真昼の方がスキンシップも相まって破壊力が高い。

柔らかい体つきを否応なしに感じさせられるわ甘い匂いが漂ってくるわ甘くとろけた笑みを惜しみなく見せてくるわで、いつも周の心臓は駆けているくらいに速く鼓動している。

今だって、真昼の可愛らしさに心臓がばくばくと音を立てているのだ。胸に顔を埋めている真昼も気付く筈である。

「……不意打ちの方が破壊力高いですもん」

小さくぼやいた真昼が、ぎゅっと頬を胸板に寄せる。

「……でも、周くんがすごくどきどきしてるので、今日のところは納得しておきます」

どうやら周が心臓を高鳴らせている事にご満悦のような真昼がそう囁いて、周の胸に頬擦《ほおず》りする。

その仕草がまた可愛らしくて呻きそうになりつつ、平常心平常心と言い聞かせて、自分の中に生まれつつある衝動を誤魔化《ごまか》すように真昼の頭を撫でた。

真昼が充電し終わったのは、五分後の事だった。

薄く色づいた頰に僅《わず》かに潤んだ瞳の真昼を直視するのは非常に心臓に悪いのだが、本人が満足したらしいので周の感じているもどかしさは胸の奥に留《とど》めておく。

「じゃ、行くか」

時間に余裕は持たせているので、朝に多少スキンシップをはかっていても遅刻する事はまずない。それでもそろそろ家を出ておきたいと声をかければ、心なしか肌がつやつやしている真昼が「はい」と笑みを浮かべている。

(俺は朝から疲れてるけど)

嫌とかではなく、むしろ嬉しいからこそ、我慢してぐったりしているのであった。休みならこのまま真昼にやり返すべく甘やかしたかもしれないが、学校なのでそれもままならない。

真昼は周の疲弊に気付いた様子はなく、気力がみなぎっている。

朝から色々と悶《もだ》えて微妙に疲れつつも、嫌な疲れではないので苦笑し、真昼と一緒に荷物を持って玄関を出た。

初めて彼女と制服を着て玄関を出た事に妙な感慨を抱きつつ鍵《かぎ》を閉めて真昼を見下ろせば、

ややそわそわとした真昼が見える。

手が、おずおずと周のシャツの裾《すそ》を摑んでいた。

「……手、繋《つな》ぐか？」

「はいっ」

どうやら正解だったらしくはにかんだ真昼に「可愛いな、くそ」と小さくぼやいて、周は真昼からスクールバッグをさり気なく取って肩にかけつつ、逆の手で真昼のほっそりとした指に自分の指を絡《から》める。

すぐに「持たせるつもりはなかったのですけど」と言わんばかりの眼差《まなざ》しで見上げられたが、「彼氏なのでこれくらいは普通にさせてくれ」と囁くときゅっと唇が結ばれて大人しくなるのだから、そこがまた可愛らしかった。

「こうして改めて手を繋ぐの、恥ずかしいな」

マンションを出て通学路を歩くのだが、外でこうして手を繋ぐというのはゴールデンウィークのお出かけ以来であり、こそばゆさがある。

今回はエスコートというよりは指を絡めた、所謂《いわゆる》恋人繋ぎという手の繋ぎ方で、より親密さが滲《にじ》み出るものだ。

真昼と手を繋ぐ事は幾度かあったが、この繋ぎ方は滅多《めった》にするものでもないので、周としてはやはり緊張してしまう。

強く握りすぎていないだろうかとか、汗をかいて不快な思いをさせていないかとか、心配になるのだが、真昼の方を見ればご機嫌そうな頰の緩み方をしていた。

「ちょっと恥ずかしいですけど、でも、嬉しいです」

「……うん」

「ずっとこうして学校に行きたいなって思っていました。ようやく実現出来て感無量というか……すごく、幸せだなって」

二人で並んで学校に行く、というのは些細《ささい》で、しかし真昼にとっては待望の事だったらしく、いつもよりつやつやとした表情だ。

「真昼の幸せ、俺関連多くない？」

「そ、それはその、……周くんの側に居る事が、私にとっての幸せ、というか」

「……そっか」

恥ずかしそうにやや口籠《くちごも》りながらも力の抜けた笑みを浮かべた真昼に、周もそんなに自分の事を好いてくれていると痛感してじわじわと胸が熱くなる。

なるべく顔に出さないようにはしたのだが、周も照れた事に気付いたらしい真昼は嬉しそうに笑みを強めていた。

「ですので、私はこれから毎日幸せですよ。……私は幸せ者ですね」

「それは俺の台詞のような気がするんだけどな」

「ならお互い幸せで万々歳という事ですね」

平和的でいいですね、と楽しそうに小さく笑った真昼が身を寄せてくるので、周は今度は真昼を傷付けないように気をつけながら、本当にさり気なく腕が胴体に密着しないように体をずらし、余った片手で頭を撫でる。

手を繋いで歩く事自体は慣れているが、密着しすぎるのはよくないだろう。勿論恋人にくっつかれるのは嬉しいのだが、他人からすれば目の毒かもしれないし、周も朝から元気になるのを他人に目撃されたくない。

微妙な心の葛藤は決して表には出さないようにしつつ、華奢《きゃしゃ》な手はしっかりと握って腕同士をくっつけて通学路を歩く。

当然今は通勤通学時間なので学生やスーツ姿の人々が多いのだが、視線が気になりだす。

「視線を感じる」

学校に近付くにつれて段々と多くなる視線に、周は思わず疲れたようにこぼした。

視線の質は様々で、真昼と手を繋いで歩く男は誰《だれ》だといったものや嫉妬《しっと》混じりのものもあれば羨望《せんぼう》の眼差《まなざ》しもある。

予想していたと言えば予想していたのだが、実際に味わうと想像以上に居心地が悪いものだった。

向けられる視線にこもるのが負の感情だけではないのが幸いだが、地味で目立たない生活を好んで送ってきた周には、やはり落ち着かなかった。

「仕方ないですね。パッと見、すっかり変わっていますし」

いかにも恋人ですよというアピールも兼ねて手を繋いで寄り添いながら歩いているのだから、当然同じ登校中の生徒から視線が飛んでくる。

ただ、体育祭で示された周と今真昼の隣を歩いている周はかなり違うらしく、口では誰何《すいか》されないが視線がひしひしと問いかけてきていた。

「そんなに違うか?」

「ええ。なんというか、もちろん髪型が変わったのもありますけど、しゃんと背を伸ばして自信ある表情をしていますから、印象がかなり違いますよ」

「悪かったな普段が意気地なしで」

「自虐しないでください。……そもそも、周くんは変わったんですから。どっちの周くんも好きですけど、卑下する周くんはきらいです」

「嫌いと言われるのは嫌だから気を付けるよ」

「よろしい」

満足そうに周に微笑んだ真昼に、また視線が飛んでくる。

今回は殺気混じりなので微妙に頬がひきつりかけたが、真昼が周囲ににこりと極上の天使スマイルを投げるとかき消えた。

周囲に有無を言わせない天使様はある意味最強だった。

比較的ましになった視線をちくちくと感じつつ、真昼の手を一度握り直して前を見る。もうすぐ学校につくが、学校だと尚更《なおさら》視線を浴びる事になるので今から微妙に胃が痛かった。

「ここでこの視線だと、教室に入るのが億劫《おっくう》になるなあ」

「諦《あきら》めてください。……それとも、嫌?」

「嫌ではないよ。ちゃんと変わるって決めてるから」

真昼の告白を受けた時点で、もう今までの自分では居られないと分かっていた。

彼女の隣に居るためにも、恥じない自分であろうと決めている。努力を怠るより、多少の胃痛は覚悟で真昼に相応《ふさわ》しい自分であるつもりだった。

真昼は周の言葉に「……そうですか」と返して、絡めた指に力を込める。

「あれ、まひるん?」

隣の真昼の耳がほんのりと赤い事に気付いて声をかけようとした瞬間、後ろから声がかかる。

聞きなれた声と気の抜けるようなあだなに振り返れば、目をぱちくりと大きく瞬かせた千歳《ちとせ》が居た。

きょとんといった表現が似合う表情の千歳《ちとせ》は、真昼の姿を見て、それから視線を隣の周に移す。

繋がれた手の辺りを見て「ははーん」とにんまりと笑った千歳は、小走りで周達に近寄って勢いよく周の背中を叩いた。

「おはよー。とうとうですかお兄さんや」

「うるせえ」

「まひるんもおはよー。うまくいったんだねえ」

べしべしと割と強めに叩いてくる千歳は上機嫌そうで、満面の笑みを浮かべている。

今日は好奇心と嫉妬の眼差しばかり向けられていたので、純粋な好意の視線を向けられて少しだけ胸が熱くなった。

「おめでとうまひるん、見守り続けた甲斐《かい》があったなあ」

「色々と相談に乗ってもらいましたからね」

「うんうん。周が鈍くてどうすればいいのかとか」

「……真昼」

「だ、だって、実際周くんは鈍かったですし」

それを言われるとあまり反論出来ない。

ずっとアピールしてもらっていたのにきっちり受け止めていなかった自分が悪いし、千歳に相談するのも仕方ないだろう。

その相談に乗った千歳は「まあ周だからねえ」とあまり嬉しくない評価を口にして、改めて周を見上げる。観察するような眼差しは、恐らくきっちり整えた周の姿を初めて見たからだろ

う。

「いやー、それにしても周の例の男フォーム初めて見たわー」

「どんな呼び方だ」

「いっくんとかゆーちゃんがそう言ってたからさあ。ふむふむ、いっくんほどではないけどいい男になったねえ」

再度笑顔でぱしぱし背中を叩いてくるのは、彼女なりに気を使ったのだろう。見かけが変わってもいつも通りだ、という激励のように聞こえて、少し口許《くちもと》が緩んだ。

「お前にとったらそりゃ樹が一番だろうよ」

「そりゃもちろん。まひるんにとって周が一番なんだから文句ないでしょ？」

「そうだな。真昼の一番ならいいよ」

千歳の一番になりたい訳ではないし、真昼が周が一番だと言ってくれるならそれで充分だった。

ちらっと真昼を見れば、手を繋いでいる真昼は二の腕辺りに顔を寄せて小さく「……周くんが一番ですよ」と囁く。千歳の前での宣言は微妙に恥ずかしいのか、ほんのりと頬を染めていた。

「乙女ですなー。まひるんかわいい。周さえ居なければ抱き締めて愛でたのに」

「はいはい。通学路でやるもんでもないし教室についてから存分にしておけ」

「え、やった彼氏から許可出たよまひるん。あとでぎゅっとするねー！」

「え、は、はいどうぞお手柔らかに……？」

何故《なぜ》か抱き締められる事になっていた真昼が困惑しつつも頷き、千歳が満面の笑みで真昼の隣を歩く。恐らく千歳は真昼の事を祝いたくてうずうずしているのだろう。

二人が仲睦《なかむつ》まじくしているのを確認して、真昼から目を離し辺りを見る。

視線の量は、更に増えていた。

（……教室行ったら、質問攻めにされそうだなあ）

大量の視線を浴びながらこれから数分後の未来を想像して、周は二人にばれないように小さく苦笑いを浮かべた。

校舎にたどり着けば、視線はより量を増しており、側に千歳が居るものの、周と真昼が手を繋いで廊下を歩けば当然目を引く。

千歳はのんびりと「ひゅー、注目の的だねえ」と感想を口にしているが、周としてはやはり視線を浴びるのは慣れなかった。

真昼は元々視線を向けられるのに慣れているのか堂々と歩いている。しっかりと握った手を見せるように歩いているので、お披露目《ひろめ》の意味合いを兼ねているのかもしれない。

廊下を通れば「天使が男と……」「椎名《しいな》さんがいつもと違う……」「あんなやつ居たか⁉　この間の体育祭の男とは違うよな……」という声が聞こえた。残念ながらその体育祭で大切な人といた。

示された男である。

その声に応《こた》える事はしなかったが、真昼は甘い色を混ぜた天使様の笑みを周囲に振《ふ》り撒《ま》いていた。

「周くん」

「ん？」

「そろそろ教室につきますけど、大丈夫ですか？」

自分達の教室が近付いてきたところで、真昼が問い掛ける。

「もう見せ付けてる時点で覚悟してるから大丈夫だよ」

「……そうですか」

「みんな驚くだろうなあ。まひるんのあの発言の後の休日明けに周がイメチェンしてるんだもん」

私もびっくりした、と軽《かろ》やかな笑みを浮かべている千歳に、彼女と樹や優太には連絡しておくべきだったかもと微妙に後悔していた。

付き合い始めたという報告をするのが恥ずかしくて後回しにしていたが、見守ってきてくれた彼らには真っ先に報告するべきだっただろう。

「……千歳」

「うん？」

「ごめんな、その、報告してなくて」

「いや付き合い始めたの体育祭終わってからでしょ？　多分二人いちゃいちゃしてて忙しかっただろうし、周はメッセージとかじゃなくて面と向かって言いたいタイプだろうから気にしてないよ」

いちゃいちゃして忙しかった、という認識は複雑なものの、確かに昨日は二人でくっついて過ごしていてそれ以外の事を考えていなかった。

それに、千歳の言う通り、色々とお世話になった千歳達には実際に会って言いたかった。千歳は言う前に察してからかいに走ったので、報告と言うよりは事実確認してもらった形だが。

「……さんきゅ」

「どういたしまして。ふふー、二人をくっつけた立役者と言っても過言ではない私をもっと崇《あが》めるがよいー」

「ははー。今度千歳様が気に入ってる駅前のクレープをお納めしますー」

「うむくるしゅうないぞー」

茶化《ちゃか》した千歳に周も乗っかってやりとりをしつつ、真昼と共に自分の教室の扉に身を潜らせた。

「あ、おはよう椎名さ……え？」

初めに気付いたのは教室の出入り口付近でたむろしていた数人の女子だ。

机に座って何やら盛り上がっていたようだが、真昼の入室に気付いて視線を上げて……それから、真昼が手を摑んでいる周の姿に気付いたようだった。

視線が繋がれた手から周の顔に上がる。

その時彼女達の表情に浮かんだのは、誰だこの人は、といったものだった。

それも当然で、周はクラスメイトに周としてこの姿を見せた事はない。

時折見かけられる、という事はあったかもしれないが、藤宮《ふじみや》周としてこの格好で学校に登校した事はなく、彼女達の目には知らない人として映っているだろう。

けれど、先週の体育祭で真昼が周を大切な人だと公にした事は、生徒達の記憶には新しい。

そして、周はゴールデンウィークの時の男は自分だとも言った。

少し考えれば、今手を繋いでいる青年が周とイコールで結ばれる筈だ。

その計算式の答えが導き出される前に、周は一度彼女の手を離して荷物を自分の席に置きに行く。

分かりやすく、自分が誰なのかを示すために。

気づけば教室がいつもより静かになっていた。普段はおしゃべりに花を咲かせているクラスメイトも、周に視線を向けている。

「おはよう藤宮」

どこか気まずさすら感じさせる静寂の中、いつもの笑顔を浮かべた優太と樹が周に寄ってくる。

　自分を知っていてなおかつ普段通りに接してくれる彼らの存在は、今はとてもありがたかった。

「はよ、二人とも」

「なんだ、とうとう観念したのか」

「観念ってあのなあ。……まあ、捕まったし捕まえたよ」

　彼らには散々相談をしていたし、樹などは一番早く周の真昼への想《おも》いに気付いていたので、周が二人いわく例の男フォームで手を繋いで教室に入った事ですぐに交際し始めたと分かったようだ。

「おめでとう、藤宮。俺は藤宮と仲良くなったのは最近だからあんま長かったとは言えないけど、やっぱり焦《じ》れったかったから、やっとかあって気持ちだな」

「優太はまだまだだぞ？　俺なんか半年は見守ってるんだ、焦らされたにも程がある。このへたれめ」

「やかましい。悪かったな」

　実際半年くらい周と真昼が歩み寄っていたのを見守っていた彼としては感慨深いのか、しみじみと頷いて「長かったなあ」と呟く。

　樹にはよくも悪くもお世話になったし背中を押して、いや蹴《け》ってもらったので、感謝している。時折お節介がすぎる事もあったが、それでも足踏みしていた周を応援して後押ししてくれていたのだ。恐らく、知り合いの中では樹が一番この交際を祝福してくれている。

「で、覚悟決めてその格好、と」

「おう」

「いやー、何か見慣れないから不思議な気分だわ」

「そうだね。こないだ見せてもらったきりだし」

優太に見せたのはゴールデンウィーク以来なので、一ヶ月ほど前になる。それも一度しか見せていないので、見慣れないのも当然だ。見慣れているのは真昼くらいなものだ。

その真昼は千歳にべったりとくっつかれて頭を撫でられながら、他のクラスメイト達にわらわらと群がられている。少し離れた位置に居たが、教室が静かなので何を聞かれているか聞こえてくる。聞こえなくても、何を聞かれているのかは分かったが。

「あの、藤宮君！」

大変そうだなと眺めていたら、今度は周が声をかけられる番だった。

声の方を向けば、数人の女子が興味津々なのも隠そうとしない瞳で周を見ながら取り囲もうとしていた。

あまり異性が得意でない周としては、こういった状況は胃に悪いのだが、元よりこうなる事も覚悟していたので内心はおくびにも出さず返事をする。

「……何か？」

「わ、ほんとに藤宮君だったんだ！　いつもと違ったからびっくりしちゃって！」

「すごい印象変わったよねー」

「ほんとほんと！　前は地味な感じだったのに！」

「ちょっと地味は失礼でしょ」

「あ、ごめんね藤宮君」

「いいよ、地味なのは間違いないから」

女子達の勢いに呑まれそうだったものの、なるべく彼女達のペースに呑み込まれないようにしつつ苦笑を浮かべる。

彼女達の言葉は事実そうだったし、反論する気もないし苛《いら》つきもしなかった。地味に留めていたのは自分だし、性格的にも目立つ事を好まなかったからこそクラスでは毒にも薬にもならない大人しい男子で通していた。

恐らく、このクラスの誰もが地味で平凡な男子という評価を周にくだしていただろう。

それが急に変わったのだから、戸惑いも頷けるのだ。

「随分とイメチェンしたねー」

「そうだな。変か？」

「そんな事ないよ、すごくよくなったと思う」

「むしろイケメンになってびっくりした」

「そう言ってもらえると努力した甲斐があったよ」

面と向かって褒められるのは恥ずかしかったが、ここで否定しても仕方ないし謙遜《けんそん》は時に毒になるとも学習したのでありがたく受け取っておく。

なるべく柔らかい表情を心がけて頷けば、彼女達も楽しそうに笑った。

「ねえねえ、一つ聞いていい？」

「俺に答えられるものならどうぞ」

とうとうやってきたな、と思った。

いずれ誰かに聞かれる質問だったので、ここではっきりと答えと意思表示をするつもりだった。

クラスメイトもこちらの会話に耳をそばだてているようだし、ここで宣言してしまえば学校中に伝わるだろう。

「二人は、付き合ってるの？　今日、手を繋いできてたみたいだし……」

「ああ。お陰様で、先週から付き合い始めたよ」

明確に肯定すれば、きゃあと黄色い声が上がった。後ろで男子達の絶望の声と怨嗟《えんさ》の声が聞こえてきた気がしたが、スルーする。

どうせこの後男子達にも問い詰められるので、その時に受け止めればいいだろう。

「え、どうやってあの椎名さんと……」

「去年から縁があってな。自然と仲良くなったんだよ。な、真昼」

「はい」

質問攻めが終わった、というよりは周とやり取りしている姿を見せた方が早いと判断したのか、にこやかな笑みで近寄ってくる。

隣に移動して周に触れるか触れないかといった距離に立った真昼は、周に質問していた女子達に美しい微笑みを見せた。

「説明しにくいですが、色々あって付き合う事になったんです。ずっと私の片想《かたおも》いでしたから、本当に嬉しくって……つい、自慢みたいに手を繋いできてしまいました」

きゅっと登校していた時のように周の手に手を重ねてくる真昼に、周も小さく苦笑して真昼の手を握る。

「いや、俺の方が先に好きだったと思うんだが」

「私の方が先だと思いますよ？　どちらにせよ周くんはずっと告白してくれませんでしたし」

「それは反省しているし悪いと思っています。ちゃんと告白したので許してください」

「……踏み込んだのは私からだったと思うんですけど」

「今度はちゃんと俺からするから」

「何をするんですか」

「……さあな」

恋人の先にあるものなんて一つしかないので、真昼も考えたら分かる筈なのだが……真昼は不思議そうにしているだけだった。

周としては、今ここで言うものでもないし、責任が取れる年齢でもないので、まだ胸の奥に収めておく。恐らく、この言葉は、何年経《た》っても色褪《いろあ》せず、変わらずにあるだろう。その時になったらちゃんと自分から言うつもりなので、今はお預けという事にさせてもらうつもりだ。

誤魔化《ごまか》した周に少しだけ不服そうに周を見上げていたが、周が頭を撫でるとそれも収まった。

「……また誤魔化すんですから」

「いつか言うから勘弁してください」

「もう」

口では不満げでも、表情はご満悦そうだった。

ただ、何かに気付いたようで慌てて頬を押さえて顔を赤らめる。その様子になんだと辺りを見たら、クラスメイトが絶句していた。

視線の先には、周と真昼が居る。

(――やらかした)

確かに真昼との仲を見せて真昼の彼氏という立場を確固たるものにしようとしていた意図はあったが、普段家でしているような会話をするつもりはなかったのだ。

つい癖《くせ》で頭を撫でてしまったが、こんな風に触れればクラスメイトがどう思うかなんて分かりきっている。

「……周、お前ら無意識にいちゃつくから気を付けろよ」

元祖バカップルの称号を欲しいままにしている樹にまで注意されて、周は慌てて真昼の頭から掌《てのひら》を離しつつ頰に押し寄せる熱が表に出ないように唇を噛み締《し》めるのであった。

周と真昼が付き合い始めた、というのはあっという間に学校中に広まった。

よくも悪くもおしゃべりなクラスメイトと、見せつけた登校風景のお陰で、噂《うわさ》ではなく真実として周知されたようだ。廊下を歩く度にひそひそと何かしら囁かれるので、非常に居心地が悪い。

「まあ数日で落ち着くんじゃないのかな」

騒ぎを一歩引いた位置で眺めていた誠《まこと》の一言に、一哉《かずや》も「そうだな」と頷く。

「人間ずっと同じ話題を続ける訳ではないし、その内他の話題に埋もれていくだろう」

「そうだといいけどな。流石《さすが》に毎日これだと困るし」

休憩時間の今も遠巻きに何か囁かれてるので、正直あまりいい気分ではない。

「質問攻めに遭う事は少なくなると思うけど、今度は違う意味で群がられそうかな」

「違う意味？」

なんてあり得ない。

「良物件と思われるんじゃないかな」

「既に売約済みなんだが」

もう真昼に将来まるごと予約されているようなものなので、他に目を向けてほしいと言われても確実に不可能だ。そもそも仮に真昼よりいい条件の女性が居たとしても、真昼以外を選ぶなんてあり得ない。

目移りを期待されても困るし、そんな軽薄な男だと見られているなら心外だった。

「恋は理屈じゃない時もあるよ」

「む、誠がそういう事を言うのは珍しいな」

「失礼な。まあ、誰かの恋人だからって、好きになる気持ちは抑えられないんじゃないのかな。恋って衝動みたいなものだし」

勿論衝動を行動に移すのはダメだけど、と付け足した誠は、何やら固まって話をしている女子達を見てそっとため息。

「僕としては、どこをどう考えても君らの間に割って入るなんて無理だと思ってるけどね」

「それは同感だな。あれだけ見せ付けているのは牽制《けんせい》もかねてだろうし。まさか公衆の面前でああいった行為を取るとは思っていなかった」

「あれは忘れてくれ……！」

朝のやりとりを思い出して羞恥《しゅうち》に襲われる。

仲良くしているというところを見せるのは牽制の意図があったが、頭を撫でたりほぼほぼ告白まがい、それも聞く人が聞けばプロポーズの予定があるという事まで知らせてしまうつもりなんてなかったのだ。

幸い真昼は誤魔化せたものの、樹や誠は気付いていたらしく「お熱い事で」と呆れられたのだ。

「まあ、椎名さんがああいう表情を見せるのは藤宮だけってのも周知されたから、その点ではよかったんじゃないの？」

「……それはそうかもしれんが、それでも恥ずかしいもんは恥ずかしい」

「手を繋いで登校してきて何を今更」

「それとあれは違う」

意図したものと意図していないものは羞恥の度合いが違う。

「諦めなよ。まあ、ああやって見せ付けてくれた事で感謝してる人達も居るし」

「感謝してる？」

「椎名さん目当ての人達が他に目を向けると嬉しいのは女子達の方だろうし」

小さな声で呟いた言葉は、周も考えていた事だった。

真昼を特別視している女子達も一枚岩ではない。やはり男子の視線を持っていく真昼に対して複雑な気持ちを抱いている子も中には居るのは分かっていた。

今までは誰にも好意を見せず高嶺《たかね》の花としてずっと一人で居たが、周という特定の相手を作りそれ以外に見向きもしない態度を見せたため、一定層の反感が和らいだようだ。

「大変だな、女子のあれこれ。まあ、それが解決したならあとは、真昼も一人の女の子って事が周知されたらいいいな。天使って呼ばれるの恥ずかしくて嫌みたいだし」

「やっぱり嫌だったんだね」

「うむ。優太も王子様には微妙な顔をしていたし、想定内だな」

やはり真昼と同じ悩みを持っていた彼には内心で合掌《がっしょう》しておいた。

「……何話してるのですか?」

千歳と話し終わったのか真昼がこちらに向かってきていた。

話の内容までは聞いていなかったようだが、周の頬が朝のやり取りの指摘を受けて赤らんでいた事は気付いているらしく、周を含め三人を見る眼差しはどこか訝《いぶか》るようなものだ。

「ああ、椎名さんか。別に大した事話してないよ。椎名さんも一人の女の子なんだなって話」

「一体どういった流れでそうなったんですか……?」

「ああ、いや、その……真昼も天使じゃなくてただの女の子なんだなって周りが理解してきたよなって話だ」

朝の事は忘れる事にして、周達が話していた内容を軽くかい摘まんで話すと「なるほど」と納得したように頷いた。

「ある意味偶像化されていたのは自覚ありますので、確かにそうかもしれませんね」

声量を抑えた呟きに誠も一哉も「やっぱり」といった顔をしている。

彼らは優太と付き合いも長いそうなので、色々見てきているが故にほぼ同類の真昼の事も気にしていたのだろう。

「でも、私はもう言われる事はそこまで気にしてないですよ」

「そうなの？」

「はい。……私は、周くんにとってただ一人の女の子で居られたら、それでいいですし」

囁くような言葉を聞き取れたのは周と誠、一哉だけだったろうが、破壊力は充分だった。

ほんのりと頬を赤らめてへにゃりとはにかむように笑った真昼に見とれたのは、周だけではない。

側に居る誠と一哉からは息を呑む音が聞こえたし、たまたまこちらを見ていたらしいクラスメイトも真昼の表情をぽかんと見つめている。

「……藤宮、君の彼女さんどうにかして」

周囲の被害が甚大なんだけど、と呻くように言われた言葉に内心で激しく同意しつつ、それでも周にもどうしようもないし、むしろ一番被害に遭っているのは周なので、跳ねる心臓を落ち着かせるのに必死だった。

「……ほんと、べた惚《ぼ》れだね」

呆れが含まれた誠の呟きに、真昼は頬を赤らめたまま肯定するように笑みを強めた。

第3話　昼食と尋問

「周《あまね》くん、ご飯どうしますか？」

午前の授業が終わると、真昼《まひる》が二人分のお弁当が入ったバッグを携えて席まで寄ってきた。

昼食はいつもの面子《メンツ》で食べるつもりではあるが、もしかしたら迷惑をかけてしまうかもしれないので微妙に躊躇《ちゅうちょ》している。

ちなみに最近は誠《まこと》と一哉《かずや》とも食べる事はあったが、彼らには「独り身で流れ弾をこれ以上食らいたくない」という理由で昼食を共にする事は固辞された。休憩時間にやらかしてしまっているので否定しきれなかったのが悲しいところである。

「んー。樹《いつき》達がいいなら一緒に食うけど」

「むしろオレらが拒むと思ってるのか」

財布を持った樹と千歳《ちとせ》、優太《ゆうた》も周達に近付いて苦笑をこぼしていた。

「んな水くせえ事言うなよ。いつも通りだろ」

「樹……」

「そもそもお前らストッパー居ないと色々と被害でかいからオレらがいた方がいい気がする」

「……複雑な心境だ」

今日の自分達の迂闊《うかつ》さを考えれば樹の言う事も分かるのだが。

流石《さすが》にもう朝や休み時間のような事をするつもりはないのだが、周か真昼のどちらかがうっかりでやらかしかねないのも事実だ。樹の懸念《けねん》もあってしかるべきだろう。

「ま、どうあれ、オレ達はいつも通りだよ」

「私としてはむしろまひるんは押せ押せでいてほしいからいいぞもっとやっちゃえーって気分なんだけどね」

「門脇《かどわき》まで……」

「周りが困ると思うけどね、流石に。あの仲睦《なかむつ》まじさをみせつけられたら……ねえ」

「見てるこっちが頬《ほお》熱くなっちゃうからね。幸せそうで何よりだけど」

純粋な祝福の笑顔に何も言えなくなった周に、優太は「まあちょっとは自重しないと当てられる人が居るから気をつけてね」と付け足す。

それは誠や一哉の反応を見れば分かるので、周は真面目《まじめ》に頷《うなず》いてみせる。

「……で、食堂でいいんだよな？　つーかオレは弁当じゃなくて食堂だし」

「おう」

「じゃあ行くかー。今日の日替わり何だったかなー」

「確か唐揚げだったと思うよ」

「お、やりぃ。うちの学食の唐揚げは衣薄くてうまいんだよなあ」

へらりと笑って財布を振りつつ歩き出す樹に内心感謝しつつ、周は彼の後をついていった。

「……はい周くん、お弁当どうぞ」

食堂で五人分の席を取って食堂組が自分のご飯を買ってきたところで、真昼がバッグからお弁当を取り出して周に差し出す。

周の分は後から取り出された真昼のお弁当箱より一回りは大きいもので、比較的量を食べない方とはいえ女子よりはかなり多い、男子高校生の食欲を満たせるサイズだ。

「ん、ありがとな」

「まひるんのお弁当いいなー」

「渡さんぞ」

「けちー」

ぷー、と可愛《かわい》らしく頰を膨らませてみせた千歳に真昼が「私のと少し交換しましょうか」と申し出て、すぐに千歳の頰の風船は萎《しぼ》んでいく。

子供っぽい仕草だが千歳の屈託《くったく》ない笑顔や立ち振る舞いにはぴったりの表情で、眺めている樹も微笑《ほほえ》んでいた。

周も女子二人のやりとりを見つつ、弁当の蓋《ふた》を持ち上げる。

中には昨日の残りのチキンのトマト煮込みやほうれん草とコーンのバター醬油《しょうゆ》ソテー、茹《ゆ》で

たブロッコリーやミニトマトにきっちりタコの顔と形を模したウインナー、それから周の好物であるだし巻き玉子などが詰まっている。

やや主菜が多いのは周の食欲を考慮しての事だろう。

基本的には何でも食べるし野菜も好きではあるが、お肉があると食欲も増す。それ以上に好物なだし巻き玉子があるので、周はテンションが上がるのを実感していた。

「周くんの分はだし巻き多めですけどよかったですか？」

「だし巻きがあるだけで午後頑張れそうな気がする」

「大袈裟《おおげさ》な」

「いやほんとに」

卵料理が好きな周にとっては肉よりも活力剤なので、だし巻き玉子増量は望むところだった。

早速「いただきます」と食物と真昼に感謝しつつ、真っ先にだし巻き玉子に箸《はし》を伸ばす。

口に含めばしっとりとした食感、噛《か》めば優しく口の中に滲《にじ》んでくる出汁《だし》の味とほんのりとした甘味のハーモニーに自然と口が緩《ゆる》んだ。

すぐに飲み込んでしまうのがもったいないくらいに美味《おい》しいのでゆっくりと咀嚼《そしゃく》しつつ、舌で味わっていく。

よく噛むのは大切というのもあるが、やはり長く楽しみたいという気持ちが大きい。

相変わらずうまい、とご満悦な表情も隠そうとせず口を動かしていると、その姿を眺めていた優太がほうとどこか感嘆の声を漏《も》らした。

「……藤宮《ふじみや》ってうまそうに食うよなあ」

「実際うまい」

「それは知ってるけど。ここまで美味しそうに食べてもらえると、椎名《しいな》さんも作り手冥利《みょうり》に尽きるだろうな」

　優太が周を微笑みながら見守っていた真昼に声をかけると、真昼はほんのりと頰を染めて「そうですね、いつも美味しいって言ってもらえてありがたい限りです」と微笑む。

「作り甲斐《がい》がありますよ、本当に」

「作ってもらってるし本当にうまいからなあ」

「周くんの好みも摑《つか》めてきましたし、もっと精進したいところです」

「このままでもいいけど」

「折角なら周くんの好みに完璧《かんぺき》に合わせたいですし」

「俺は真昼好みでもいいけど。真昼のならなんでもうまいし」

　とりあえず真昼から離れる予定は全くないので、自分に合わせるだけでなくて真昼の好みの味も食べたい。

　全部こちらに合わせるのではなくて、二人でほどよいすり合わせをしていきたいし、真昼の好みに合わせたいという気持ちもあった。

ゴマで可愛らしい顔を表現されたタコウインナーを口に放り込みつつしみじみと頷くと、真昼は困ったような笑顔を浮かべて肩を縮めた。

頬が淡く色付いているのを見て思わず周囲に視線をやると、樹の呆《あき》れた目が見える。

「止める前にいちゃつかれるとどうしようもないんだが？」

「……いちゃついてない」

「だとさ、ちぃ」

「えー。つまりこれは序の口でいちゃいちゃレベルではないと」

「お前らなあ」

「教室のやり取りよりは控えめだからそういう意味ではいちゃついてないかもな。ま、ある意味アピールにはなっただろ。入り込む隙間《すきま》は微塵《みじん》もないですよーって」

その言葉に身内から周囲の席に視線を移せば、同級生や先輩らしき男子がこちらに目をやっている事に気付いた。

地味に殺意のこもった眼差《まなざ》しを向けられたものの、真昼がちらりとそちらを見れば慌てて目を逸《そ》らす辺り分かりやすい。

周囲の生徒に聞かれていた事を恥ずかしく思えばいいのか、牽制《けんせい》出来た事を喜べばいいのか。ひきつった笑みを浮かべる周に、優太は「てっきりわざとなのかと思ってた……」と呟《つぶや》く。

「……ほんと、仲睦まじいのはいいんだけど、二人の世界に入りやすいから気を付けた方がいいんでは？」

今回は功を奏してるけど、と付け足されたものの微妙に呆れたような声音《こわね》で、周はきゅっと唇を結ぶしかなかった。


「……俺は何故《なぜ》取り囲まれているんだろうか」

昼食をとり終えて教室に帰ると、わらわらと男子達が周を取り囲んできた。

ちなみに真昼は千歳と飲み物を買いに行っているらしく席を外しており、樹と優太は周が取り囲まれたのを見て「まあ甘んじて詰め寄られろ」と笑って次の授業の準備をし始めた。

薄情者め、と思ったものの、これくらい自分で捌《さば》けないで今後真昼と付き合っていける訳がないので、周はひっそりとため息をつきながらも大人しく生徒に囲まれるのを受け入れた。

囲んでいるのは、主に周のクラスメイトの男子達だ。

ただ、悪意があるというよりは単に不満を発散したいといった面持ちで、周を悪《あ》しざまに言うといった雰囲気ではなさそうである。

「うるせえ世紀の大泥棒め。みんなの天使様を……」

「スケールでかいしそもそも真昼はみんなのものではないんだが」

「天使様のお手製弁当ウラヤマシイ」

「いや付き合ってるし文句言われても」

「高嶺《たかね》の花をあっさりゲットしやがってよお」

「あっさりという訳ではないんだが……」

口々に不満が飛んでくるが、どれも拗《す》ねたようなほんのりと柔らかい響きのものだ。軽いやっかみこそあれど付き合い自体に異議を唱えている訳でもなさそうなので、こっそりこちらを窺《うかが》っていた樹はへらっと笑って顔を逸らした。救いの手はとりあえずなさそうだ。

「大体椎名さんと藤宮が知り合ったきっかけって何だよ。去年からって言ってたけど接点ないだろ」

「や、まあ、何というか……たまたまずぶ濡《ぬ》れの真昼に傘貸してそこから縁が繋《つな》がったというか」

「それだけ⁉」

「そ、それだけというか、まあ、そこから接点が出来て、俺が自堕落だから目に余った真昼が世話を焼いてくれた感じで」

「ラッキーボーイじゃねえか」

「それはまあ否定しない」

あれは、色々な偶然が重なった出会いだった。

あの日真昼が母親から電話がなかったら、周が周囲を見ていなければ、傘を貸した後きちんとシャワーを浴びていたなら、周に下心があったなら、周と真昼の縁は結ばれなかった。何か一つ欠けていたら、今の二人の関係性は出来上がらなかっただろう。

なので、真昼と周が結ばれた事も一つの奇跡に違いない。

肩を竦《すく》めて困ったように眉《まゆ》を下げつつ笑うと、目の前のクラスメイトはそっとため息をついた。

「……別に貶《けな》すつもりではないけど、天使様が藤宮に惚《ほ》れた理由が分からん。顔とか頭の良さとかだったら他にも居ただろ。接点は分かったけど、好きになってもらった何かきっかけがあったのか」

「いつ惚れたとか何で好きになったとかその辺りは俺も聞いてないから知らないというか……」

好かれた、というのは分かっているが、具体的に真昼がいつ自分の事を好きになったのかは知らないので、周としては聞かれても困る。知るのは本人くらいなものだろう。

答えようがないので曖昧《あいまい》に微笑んでいると、先日真昼主催の勉強会で手伝ってからちょくちょく話しかけてくるようになったクラスメイトが小さく笑った。

「まああれじゃないか、藤宮は落ち着いてるし結構周り見て気遣ってるし面倒見も何だかんだいいから、そういうところに惹《ひ》かれたんじゃないか」

「椎名さんって賑《にぎ》やかなタイプあんまり好きじゃなさそうだからなあ。多分、一緒に居て楽しいより一緒に過ごして落ち着く方を優先しそうだろ？　藤宮って口調が多少素っ気ないだけで相手を馬鹿《ばか》にしたり否定したりする事ないからなあ。一緒に居て楽だと思うよ」

「つーか、今思えば藤宮は椎名さんの事気にかけてたもんなあ。勉強会もそうだけど調理実習の時とか体育の時とかさ、接し方が優しかったもんなあ。体張って守ってたし」

「あれは藤宮なりに椎名さんを密《ひそ》かに大切にしていたと」

そう言って二人で周について好き勝手言い出すので、周は慌てて二人を睨《にら》む。

「おい今野《いまの》と山崎《やまざき》、そういうのやめろ」

「多分これが照れ隠し」

「これが素直じゃないと。なるほどな」

「お前らな」

二人して周の眼光に怯《ひる》んだ様子はない。

貶された方がまだマシなのでは、と二人の周の評価を聞いていたたまれない思いをしていると、輪の外から聞き慣れている笑い声が聞こえてきた。

「あはは。まあ周って分かりにくいけど優しいし何だかんだ温厚だからね、そういうところもまひるんが惹《ひ》かれたんじゃないかなあ」

「そうなの、……何で白河《しらかわ》居るんだよ！」

先程まで教室に居なかった千歳が、ひょっこりと顔を覗《のぞ》かせる。

「えー？　そりゃ昼休みも残り少ないし、何やら私達の居ぬ間に周が取り囲まれてるってタレコミがあったから様子見に帰って来たんだけど。ちなみにまひるん本人も居るよ？」

「す、すみません」

やや申し訳なさそうに謝るのは、話題の中心であった真昼だ。

まだ午後の授業が残っているのに教室でこんな話題をしていれば当然戻ってきた時に気付くとは分かっていたが、全員頭から抜けていたのだろう。

ちらりと樹の方を見れば手にしたスマホを振られたので、どうやら樹が呼び戻したようだ。感謝すればいいのか、直接話に入ってこなかった事に不満を表せばいいのか。

真昼は周が囲まれているのを見て困ったような微笑みを浮かべて周のもとに歩み寄る。

この一日ですっかり隣が定位置になった真昼は、注《そそ》がれる視線を気にした様子もなく「ちゃんと言った事なかったですもんね」と周に向けて告げる。

「……何で好きになったか、と言われると言葉にするのは難しいですけど、私を私として、全部ひっくるめて受け入れてくれて、尊重してくれて、大切にしてくれたから、ですかね」

穏やかな声音で紡《つむ》ぐ言葉は、優しい響きだった。

「前にも言いましたけど、周くんはパッと見素っ気ないですが、内側に入ると穏やかで優しくて紳士的で、辛い時に支えてくれた人です。彼は安易な、表面上の励ましはしないですが、ちゃんと私を見て、行動で示してくれました。私の弱いところも、全部受け止めてくれました。その上で、背中を押して私が自分で立てるまで支えてくれました。そんなの、好きにならない方がおかしいというか……私にはこの人しか居ないって確信するには充分でしたよ」

ということは、真昼の母親と会った春休みのあの時に好きだと確信してもらったんだ、と理解すると同時に、顔がものすごい勢いで熱くなってくる。

　確かにいつ好きになったか、とかどこを好きになったか、というのは聞きたいと思っていたが、こんな人前で、こんな幸せそうなはにかんだ顔で愛《いと》おしげに語られるとは思っておらず、周は今すぐこの場から逃げたい気持ちでいっぱいだった。

「私の事を受け止めてくれて、大切にしてくれて、尊重してくれて、見守ってくれるひと。照れ屋でちょっと素直じゃないですけど、いつだって優しくしてくれるひと。知れば知る程好きになりました」

「ま、真昼、その辺でやめにしてくれ」

「勿論《もちろん》、駄目なところがないと言えば嘘《うそ》になりますよ？　結構自分の事に無頓着なところとか自分に自信がないところは駄目なところですけど、最近は頑張って自分磨きしているところは素敵だなって思いますし、私の事を尊重しすぎてちょっと臆病《おくびょう》なところは可愛いと思っむぅっ」

「……勘弁してくれ」

　もうこれ以上語られると周が羞恥《しゅうち》で死んでしまうので、途中で真昼の口を手で塞《ふさ》ぐのだが、最早手遅れと言っていい程に周は恥ずかしさで悶《もだ》えそうだった。

　ただ、顔が赤いのは周だけではない。

　最早惚気《のろけ》と言っても差し支えのない言葉を聞いていたらしい周囲のクラスメイトも顔をうっすらと色付かせていたたまれなそうに視線を泳がせている。

「何でそういう事言うんだ」

「この際私が如何《いか》に周くんを好きかという事と周くんのよさをアピールしておいた方が、皆さんとの軋轢《あつれき》が生まれないのでは、と思って」

「わざとなのは質が悪いぞ……。それに、俺にとって不名誉な事まで知られただろ」

「どの辺りがですか？」

「……最後」

「事実には違いないですし。勿論、そういうところも素敵ですよ。欠点もちゃんと愛しく思っています」

「うるさい。どうせへたれてるよ」

自分でも分かっている事を恋人に突き付けられるのは複雑な気持ちで唇を噛むと、隣から控えめな笑い声が届く。

そういう自分もうぶな癖《くせ》に、と周が真昼にだけ聞こえる声で呟いてそっぽを向くと、真昼は本当に軽く周の腕をぽすぽす殴ってくるので、彼女にも自分でうぶな自覚があったらしい。

何とも可愛らしい攻撃を受け入れつつ心を落ち着かせて頬の熱を冷ましていると、何かを弾いたような軽《かろ》やかな音が数回鳴る。

音のもとは千歳のようで、彼女は手を重ねて音を生み出した時の体勢のまま微妙に呆れたような眼差しをこちらに向けていた。

「はいはいいちゃつくのはそこまでねー周囲が焼け野原になっちゃう。……っと、この溺愛べた惚れ同士の間に割り込めるような猛者は諸君らの中に居るかね」

「無理」

「勝てる気がしない」

「というか馬に蹴《け》られそう」

千歳の問いかけに力なく首を振る男子達に、周も力なくうなだれた。

人前でここまで真昼に言わせるつもりなんてなかったし、聞く度胸も持ち合わせていなかった。色々と羞恥で死にそうになりつつ真昼に視線を移すと、真昼は自信と幸福感で満たされたような微笑みを口元にたたえていた。

「何というか、椎名さんって……こう、好きな人の前では、普通の女の子だね」

今まで話さず様子を見ていたクラスメイトの女子の言葉に真昼は目を丸くした後、あどけなさと悪戯っぽさが同居する笑みに表情を変えた。

「だって、私はただの女の子ですから」

躊躇《ためら》いもなく言い切ってまた周にはにかんでみせた真昼に、これはこれで逆に人気が出るのでは……と思いながら真昼の頭をくしゃりと撫《な》でて、羞恥を誤魔化《ごまか》した。

やけに一日が長く感じたのは、おそらく視線を浴び続けていた事によるものだろう。

故意に見せつけていたとはいえ、やはり多くの視線をもらうのは精神的に疲れるし、視線の中にはどうしてもよくないものがあるので、神経がすり減るのだ。

「真昼、帰るぞ」

様々な質の視線を浴びるのも、ひとまず今日はおしまいになる。

ようやく一日の授業を終えた周は、帰宅の用意をしていた真昼に声をかける。

相変わらず帰宅部である周と真昼だが、真昼は特定の部に入ると面倒が起きるし下手したら部員が偏るという事で無所属らしい。

自分の影響力をよく理解しているからこその選択だろうが、そうしないとならなかったという事実が少し周には悲しかった。

本人としては気にしていないらしく、逆に「部活に入っていなかったからこそ周くんに出会えたので……」といじらしい事を言われてしまい、周が照れる羽目になっていた。

「はい。お待たせしました」

荷物をまとめた真昼が柔らかい笑みを浮かべるので、周も自然と表情が柔らかくなる。

以前は互いに別々に帰らざるを得なかったが、今はもう二人で並んで歩けるという事が嬉《うれ》しかった。

「先に帰るけどいいか？」

机の上に置いていた真昼の鞄《かばん》を手に取りつつ、側に居た樹に声をかける。優太はそもそも部活があるので既に教室からは姿を消している。

「ん、まあ新婚さんのお邪魔をするのは心苦しいし二人でお熱く帰りなされ」

「新婚じゃねえよばか」

「いや熟年なのは知ってるけど」

「そういう意味じゃねえ」

何言ってくれてるんだ、と睨むものの、樹が意に介した様子はない。むしろ愉快そうにしていて、周の鋭い視線にもへらりといつもの軽薄そうな笑みを浮かべている。

「どこをどう見てもなあ。ちぃもそう思わないか」

「同感でーす」

「やかましい。バカップルが言えた義理か」

「よう二代目バカップル、元祖だから言ってやるよバカップルめ」

「この野郎」

「ま、まあまあ周くんも落ち着いて」

一発デコピンでも入れてやろうかと思っていたが、真昼が仲裁に入ったので諦《あきら》めておく。

「赤澤《あかざわ》さんもあまり周くんをからかわないでください」

「真昼……」

「周くんは素直ではないのでからかわれると拗ねちゃいますよ。ほどほどにしてください」

「真昼、お前もか」

「冗談ですよ」

真昼にまでからかわれて周としては複雑なものの、真昼が学校で素の表情で楽しそうに笑うのだから、止められない。

いつも型にはめた誰《だれ》もが褒め称《たた》えるような美しい笑みを浮かべるばかりで、彼女本来の笑みは押し込められていたのだ。今の伸び伸びとした笑顔や態度を咎《とが》められる筈がない。

それはそれとして、からかいに報いなければ気がすまないので帰ったら真昼を構い倒すつもりである。

「ほら周くん、帰りましょうか」

何かを察したらしい真昼がやや慌てたように促すので、周は「そうだな」と笑って真昼の手をとった。


「私、関係を公にしてよかったなと思ったのは、こうして一緒にお買い物出来ることなんですよね」

スーパーで本日の夕食の材料を選びながら、真昼はしみじみと呟いた。

スーパーはあまり学生の恋人同士が並んで行く場所ではないのだが、特にデートをする予定もなかったし夕食の支度《したく》もあるので二人でやって来ていた。

「まあ前は流石に一緒にはあまり行けなかったからな」

「はい。これからは一緒に買い物したり堂々と出来ますね」

「そうだな。なんならその場で献立相談とかも出来るし」

「はい」

　基本的には事前に献立は決まっているのだが、これからは急に食べたくなった料理があってもその都度相談出来るようになる。

　本来今日は和食で揃《そろ》えようとしていたのだが、周が学食の日替わり定食を見て唐揚げが食べたいと言ってしまい、真昼がそれを叶《かな》えてくれる事になったのだ。

　周が抱えるかごに吟味した鶏もも肉を入れている真昼は「お肉が続くので明日はお魚の献立がいいですね」と明日の夕食を考えているようだ。

「明日は何がいいですか？」

「なんでもいい……って言うと困るよな？　そうだな、鯵《あじ》が食べたいかな」

「旬ですから丁度いいですかね。じゃあ鯵の南蛮漬けにします。酸っぱさ控えめですよね？」

「ん」

　よく分かっていらっしゃる、と笑うと「半年以上ご飯作り続けてますので」とはにかみが返ってきた。

　確かに半年は真昼とご飯を共にしているので、好みも分かってくるものだろう。関《かか》わりだしてから半年強という事にもなるが、本当にこの半年で色々な事があったと感慨深くなってしまう。

「……半年で付き合ったってすげえな」

「私からしてみれば長かったですよ？　周くん、鈍いし気付いてるようで見ない振りしてましたし」

「うっ。……ごめんって」

「ふふ、いじめるつもりはなかったんですよ。……今私を好きになってくれてるって分かりますから、いいです」

悪戯っぽく笑う真昼に少し居心地が悪かったが、そもそも周がふんぎりがつかなかったのが悪いので、全面的に非を認めるしかない。

「その、これからは愛情表現はしっかりします」

「ありがとうございます、私もちゃんとしますよ」

「……真昼はあんまりすると俺が辛くなるのでほどほどにしてくれ」

「辛くなる？」

「……狼《おおかみ》にさせないでくれ」

真昼に甘えられ続けると理性が仕事をしなくなりそうなので、ほどほどのところでやめてほしいものである。

意味を理解したらしい真昼がぽふっと音を立てそうな勢いで顔を赤らめ「き、気を付けます……」と消え入りそうな声で返すので、周は何とか顔が赤くなるのを食い止めつつ「おう」と頷いたのだった。

第4話　環境の変化と心境の変化

「なあ樹《いつき》」

「なんだ友よ」

「……真昼《まひる》、付き合う前より人気者になってないか？」

教室で多くのクラスメイトに囲まれていてもにこやかに対応している彼女を見ながら呟《つぶや》いた言葉に、樹は「そうだなあ」と肯定した。

付き合いだしてから数日経《た》ったのだが、真昼の人気は衰える事を知らない。むしろ人気が増している。

元々学年一の人気者と言っても過言ではなかった真昼なのだが、更に囲まれるようになっていた。

男子よりも女子の比率が多いのでいいのだが、男子からも熱烈な視線を受けている姿は見ていて微妙に複雑だったりする。

「まあ、椎名《しいな》さんがより人気を増した理由ってのは分かるよ」

「というと？」

「何というか……今まではショーケースの向こう側に居たような感じなんだけど、今だと身近に感じられるんじゃないかな。触れがたく近寄りがたかった椎名さんが、周《あまね》とくっついて一人の女の子って面を見せたからだと思うよ」

確かに、真昼は周と交際を始めてから、素の面を見せるようになってきた。

天使の笑みももちろんあるのだが、笑顔の質が変わった。

繊細で儚《はかな》げな笑みより、年頃《としごろ》の少女らしいあどけない笑顔を見せる事が多くなっていた。

本当に少しずつではあるが、天使として振る舞わず自分を見せるようになった事を嬉《うれ》しく思うが、同時に自分だけが知る秘密が減ってしまった事に少しだけ複雑な気持ちになってしまう。

偶像ではなくただの女の子という事を知ってほしいと願いながらも、それを知られるともやもやするこの矛盾に自己嫌悪を覚えた。

「なんつーか、やっぱ複雑だな。極親しい人にしか知られてなかった素顔が公になるって。それを俺《おれ》は喜んでいた筈なのに、なんかもやもやする。我ながら狭量な男だと思ってるよ」

「独占欲の表れですなあ。……まあ、今浮かべてる顔が全部って訳じゃないだろ。お前にだけ見せる顔がたくさんあるだろうし」

「それは、まあ」

触れた時に見せる恥ずかしそうでそれでいてうっすら喜びを滲《にじ》ませた顔も、拗《す》ねた時に見せる小さな風船を両頬《ほお》に拵《こしら》えた不満げな顔も、甘やかした時に見せる蜜を吸ったスポンジのようにふにゃふにゃとした甘い笑顔も、全部周だけが見られるものだ。

「それに、椎名さんを変えたのはお前で、お前あってのあの笑顔なんだからいじけてないで『俺の真昼は可愛《かわい》いだろ』ってどんと構えとけばいいんだよ」

「……そこまで俺のもの主張は出来ないけど、妬《や》かないようにはしとくわ」

「何が俺のもの主張出来ないだよ。人前であんだけいちゃついておきながら」

「あっ、あれは……わざとじゃねえ」

「わざとなら剛胆だしわざとじゃなくても無意識でそんだけ好きって漏《も》れ出てるんだよ。お陰で周りが当てられてるんだよ」

学習しろ、と額を小突かれて、周はぐぬぬと唇を結んだ。

最近のクラスメイトは周と真昼が側に居ると何故《なぜ》か頬を赤らめたり視線がうろうろしたりする人が居る。

別に特に触れ合ったり大した会話をしている訳でもないのに顔を火照《ほて》らせているので、周としてはやや解せない。

一応嫉妬《しっと》の視線をもらう事もあるが、増えてきたのは生暖かい質のものだった。

以前嫉妬から突っかかってきたクラスメイトの男子いわく「何というか、もうあそこまで仲良くされると、何があってもこっちに脈は生まれないって分かるから諦《あきら》められるわ……」との事。

真昼が自分だけを見ている、と他人からも言われて恥ずかしいが少し嬉しかったのも事実だ。

「ま、椎名さんは椎名さんでお前を取られまいとアピールしてるのもあるんだろうけど」

「俺が取られるって、ないだろ。真昼ほど突出してないし見向きされる気がしない。されても困る」

「……まあ突出してないが、平均ラインは高いぞお前。学力は言う事ないし、口はまあ多少悪いけど、基本的には紳士的で余所見《よそみ》をしない誠実なやつときた。安定志向の女子からしたら良物件だと思うけど」

「お前にそこまで褒められるとなんか……気味が悪いぞ……」

「はい口悪い五十点減点でーす。さておき、お前は口が素直じゃないからツンケンしてるように見えるだけで、性格的にはかなり素直なんだよなあ」

「ひねくれてるの間違いだろ」

一番やさぐれていた時ほどではないものの、今でもひねくれて性格が悪いと自分では思っている。

性格がよくて素直という賛辞は優太《ゆうた》のような裏表のない好青年に相応《ふさわ》しく、自分のようなやや斜に構えたような性格の男を捕まえて言うものではないだろう。

「オレとしてはすげえ分かりやすくて素直な性格だと思ってるぞ。ちぃも周って分かりやすいよねーって言ってたし」

「お前らな」

「何だかんだ、ひねくれてるひねくれてるって言いながら真《ま》っ直《す》ぐだし相手思いなやつだと思ってるよ。口がちょっと悪いけどな」

「悪かったな口が悪くて」

そっぽを向けば、喉《のど》を鳴らして笑う樹がべしべしと肩を叩《たた》いてくるので、やり返すように軽く肘で小突き返して、小さく「ありがとよ」と呟いた。


「藤宮《ふじみや》君って椎名さんと付き合いだしてから話しやすくなったよねえ」

そしてどうやら周囲の環境が変わったのは真昼だけではなく、周もだった。

基本的に真昼と付き合うまでは親しい人以外は業務連絡と挨拶《あいさつ》程度で話す事は滅多《めった》になかったし、わざわざ話しかけてくる相手もそう居なかったのだが……付き合うようになってから、よく話しかけられるようになった。

「……そうか？」

周は休みの男子に代わって、バイトに遅れると困っていたクラスメイトの女子の日直の仕事を手伝っていた。

周としては、急にそんな事を言われて何とも言えず肩を竦《すく》める。

ちなみに、真昼は一緒に手伝おうとしたが、他のクラスメイトの女子に何やら相談を持ちかけられて教室の片隅で話し合っていた。

こういう面倒見のいいところは相変わらずで、彼氏としては微笑《ほほえ》ましくもあるが大変そうだなとも思ってしまう。

本日日直のクラスメイトの女子は学級日誌をさらさらと書きつつ、教室の整頓を終えて黒板を綺麗《きれい》にしている周の表情をちらりと見て笑う。

「結構変わったよ？　やっぱこう、藤宮君ってイメチェン前は近寄り難《がた》かったから。話しかけんなオーラ出てたというかね。人見知りなんだろうなって」

「何かごめん」

「あはは、謝られても困るよ。別にそれも本人の性格的なものなんだからとやかく言うつもりないよ？　ただ交友範囲が狭く深くタイプなんだなって思ってた訳ですよ。だから門脇《かどわき》君と仲良くなったのもすごく珍しいなあと。今回イメチェンしてこうして数日経過して、藤宮君は変わらないけど人付き合いへの余裕が出来たというか浅瀬が出来たなあって納得したの」

「……木戸《きど》って結構人の事見てる？」

「まあ趣味の一つでもありますので」

驚いたのが、彼女は結構こちらの事を見ていたんだな、という事。

周もクラスメイトの人柄は何となくで把握しているが、周から見た彼女は千歳《ちとせ》と同じように人の中心に居てにこにこ笑って周囲の人を和《なご》ませている、くらいなものだ。

真昼とは別ベクトルで人気が高い――それが彼女、木戸彩香《あやか》という認識だ。

接点がなかったので見て分かるそれくらいしか知らないのだが、同じように接点がない筈の彼女は周の事を観察していたらしい。

「……まあ、狭いところに閉じこもっていてもな、というのはある」

「椎名さんのため?」

「それは違う。真昼のためっていうか、自分のために」

真昼が変わってほしいと望んだ訳ではないし、真昼に行動の責任を押し付けたい訳ではない。あくまで、こうありたいと願ったのは、周自身の心だ。

「変わろうと決めたのは、真昼のお陰であっても真昼のためじゃないよ。俺が真昼の隣で過ごしたいから、閉じこもるのをやめただけ。俺が勝手にしてる事」

真昼は勇気をもって踏み出す前の周でも変わらず好きでいてくれただろうという自信があるが、それでも変わろうと思ったのは周が自分自身に胸を張りたいからだ。

真昼の隣を歩くのに相応しくなるために努力して変わろうという気持ちを持っているだけで、言ってしまえば全《すべ》て自分の自己満足に過ぎない。周が決断した事であって、そこに真昼の意思は介在しない。

あくまで自分のため、と言い切る周に、日誌を書き終えたらしい彩香は何故《なぜ》だが嬉しそうに笑っている。

「椎名さんは愛されてるね」

「……何でそういう話になるんだ」

「んふふ、そういう話になるんですよ」

満足そうに「ご馳走《ちそう》さまー」と破顔している彩香に頬が引きつりそうになるが、彼女の眼差《まなざ》し的にからかいは一切《いっさい》ないので怒るに怒れなかった。

「まあ、それだけ愛情深いって事ですよお兄さん。余程好きじゃなきゃ、変わろうとしないもん。好きな人のために……ってこの言い方はよくないね、好きな人に見合うように頑張れるって、すごい事だと思うよ。愛だね、愛」

「……別に、いいだろ」

「うんうん、よきよきですよ。椎名さんからもたっぷり愛されてるだろうし、というか今も視線がきてるし」

ほら、と言って教室の片隅に視線を向けるよう促してきた彩香に釣られて見れば、話が終わったらしい真昼が一人で静かに待っている。微妙に不安そうな顔をしているのは、女子と話を弾ませているからだろう。

「椎名さんに見られてるねえ」

「そうだな」

「椎名さんには誤解なきようにお願いしますよ？　私には彼氏が居ますので。やきもちやかせるつもりはなかったんだけどねえ」

悪戯っぽく笑って立ち上がる彩香と同時に、見計らったかのように教室の外から「彩香、まだ？　バイト遅れるよ」と男子の声がした。

「そーちゃん待ってー、これ提出するからー」

そういえば彼女はバイトがあって急ぐ筈だったのでは、と思い出したが、あまり焦《あせ》った様子はなさそうでややのんびりした声で男子に言葉を返している。

彩香と視線が合うと、茶目っ気のあるウィンクを寄越してきた。

「藤宮君、手伝ってくれてありがとね、ええとお礼……これしかないけど許してね、じゃっ」

鞄《かばん》から何かを取り出す仕草はやけに素早く、彩香は周の掌《てのひら》に何かを載せてぱたぱたと小走りで教室を出ていく。

ゆったりとした嵐《あらし》だった、と思いながら手渡されたものを見れば、プロテイン配合のパフが詰まったチョコレートだった。優太からトレーニング後に手軽に食べられていいよ、とオススメされたものでもある。

「お礼とかよかったのに……っていうか何でこのチョイス」

女子が何故こんな男子向けの物を持っているのだろうか、頼りないからもっと筋肉つけろという事なのだろうか、と色々な疑問を残して去っていった彩香の出ていった扉を見ていたら、側に真昼が寄ってくる。

顔は、不満げではないが何かを訴えたげな表情になっていた。

「……すごく物言いたそうな顔」

「べ、別に疑ってはいないのですよ？　ただ、楽しそうに喋《しゃべ》ってたから、何を話しているのかと……」

やはり、彼氏が他の女子と話していて不安になったらしい。

周としては真昼にそんな想《おも》いをさせるつもりはなかったし、向こうからしても世間話の認識だっただろうが、真昼がそう感じたなら反省するべきだろう。

「不安にさせてごめんな。さっきのは、単純に俺が変わったなって話をしただけ。木戸から見ても結構変わったって」

流石《さすが》に愛のくだりを話すのは恥ずかしいので意図的に話から抜いておくが、概《おおむ》ね話した事は伝えられただろう。

頭を撫《な》でながらゆっくりと話すと、少し落ち着いてきたのか困り眉《まゆ》がゆっくりと柔らかな微笑みの際の形に変わる。真昼は周が小さなスキンシップをすると落ち着く、というのは最近分かってきた事だ。

「それはそうですね、周くん見かけからして爽《さわ》やか好青年になりましたもの。前とは違いが一目瞭然ですよ」

「前が暗い感じなだけなんだけどな、差が大きいのがありそう」

「まあ前の周くんって物静かで多少圧のある落ち着きがありましたからね。見た目で取っ付きにくさがあった事は否《いな》めません。……でも、多分変わったって、内面の事を言われたのでは？」

「まあ、話しやすくなったとは」

「ふふ。今までも周くんから積極的でなかっただけで、話しかけられたら普通に返していたんですけどね。私と付き合った事を報告したあの時をきっかけにみんな話しかけてくるから、その分会話が多くなって話しやすいって分かったんだと思いますよ。それに、周くん前より柔らかくなりましたもの」

撫《な》でる周に仕返しするように周の頰をふにふにと指先でつつく真昼にくすぐったさを覚えながら、恥ずかしいのでその手を摑《つか》んで退《の》けた。

代わりに手を握り指を絡《から》めて手をつつかせておくので、真昼のスキンシップ欲は満たされるだろう。

先程よりも心地よさそうな微笑みに移り変わった真昼は「周くん、最近は笑顔も増えましたよ」と囁《ささや》くので、気恥ずかしさに微妙に視線を真昼から逸《そ》らしてしまう。

「……真昼と一緒に過ごしたから変わったんだと思うけどな。あと、それを言うなら真昼も前より話しやすくなった感じはあるぞ」

「なら、周くんと一緒に過ごしたからですね」

「……そうかよ」

「そうですよ」

顔を見なくても楽しそうに笑ったと分かるので、周はわざと真昼の方は見ずに、仕返しとばかりに真昼の手をにぎにぎと揉《も》む事で羞恥《しゅうち》を誤魔化《ごまか》した。

第5話　隠しきれないもの

六月も後半になれば梅雨《つゆ》まっただ中で、晴れたり降ったりな日々を繰り返していた。

今日もどんよりとした鈍色《にびいろ》の空から絶えず雫《しずく》が落ちており、いつもよりも見通しが悪く空気もどこか陰鬱《いんうつ》なものとなっている。閉塞《へいそく》感すら感じさせるのは、普段より空の色が鈍いものになっているせいかもしれない。

「……うえー、じめじめするぅ」

「梅雨だからな」

学校にも気だるげな空気が満ちているのは致し方ないだろう。特に外で活動する運動部の面々は腐っているようで、陰鬱そうな空気を醸《かも》している。

運動部に属してはいないとはいえ活動的で動くの大好きな千歳《ちとせ》もこの気候は堪《こた》えるものがあるらしく、自分の席でぐったりとした様子で机に倒れ込むように体を預けていた。こんな風にやる気のない上に髪型まで変わった千歳は去年の梅雨以来だ。

千歳は普段なら髪をそのまま流しているのだが、本日はどうやら湿気により爆発《ばくはつ》したとか何とかで耳の後ろ辺りで左右に結っている。にもかかわらず所々ぴょんぴょん跳ねが髪ゴムの束縛から逃れているので、セットに相当苦労しているに違いない。

「周《あまね》は普通に元気そうだよねえ」

「んー。俺《おれ》は割と静かな空気で好き。まあ湿気は御免だけどな」

「いいなー。私はこう、無理。うがーって走りたくなる」

「足元悪いから全力ダッシュは晴れてからにしろよ。転ぶと怪我《けが》する上にこのぬかるみ具合は服まで大惨事になるぞ」

「洗濯で落ちないやつじゃん……大人しくするけどさあ」

微妙に力の抜けたような声なのは、やはり梅雨のせいだろう。

あの千歳がここまでへろへろになっているので、真昼《まひる》はどうかと思ったが、真昼は穏やかな笑みを湛えて女子達と話していた。いつもよりも、ほんのりと力の入った表情で。

真昼は周が見ているとは気付いていないようで、会話を楽しんでいる。

周はじっとその姿を見て、帰ったら沢山構おう、と思っていると「なに、藤宮《ふじみや》妬《や》いてるの？」と周の視線の先に気付いたらしい誠《まこと》が問う。

周囲をよく見ているらしいので周の見ている方に気付いたのも納得だが、想像した理由は全く違うので苦笑してしまう。

「や、女子に妬く程狭量じゃないよ。ただ、髪型が違うから雰囲気変わるなって眺めてただけ」

見ていた本当の理由はあまり言えないので、別の理由の一つを主軸に答えると「今日は結んでるもんね」と納得したような声が返される。

千歳と同じように、真昼は髪を結っている。ただ真昼は千歳より長いしどうしても毛量があるので、横に流すように緩《ゆる》くみつあみしてまとめているようだ。

普段はあまり髪型を変えないので、クラスメイト達も新鮮なのだろう。男子達から「この蒸し暑さと息苦しさの中にある清涼剤だよなあ」「天使様の周りだけ空気が清浄というか」という声が聞こえている。

「まこちんは比較的元気だよねえ。色々羨《うらや》ましい」

湿気であまりに言う事の聞かない髪の毛をしきりに押さえ込もうとしている千歳は、誠の湿気なんか知った事かと言わんばかりのサラサラな髪を見て羨《うらや》ましそうに呟《つぶや》く。ちなみに朝会った瞬間周も髪の事でダル絡みをされているので、湿気に縁のない人間が相当羨ましいようだ。

「元気っていうか、みんなほど鬱々《うつうつ》としてないだけだよ。流石《さすが》に雨続きだと生活面で困るし、早く梅雨が終わってほしいとは思うよ。こうも雲が多いと星が見られないし」

「天文部だもんねー。これだと星を見る以前の問題だし」

「まあ部活で実際に星を見るってあんまりないんだけどね。学校で見ようと思ったら顧問の付き添いやら屋上開放と校内の滞在申請云々しないといけないから。部活は調べ物とかの方が多いし、家で勝手に見る事の方が多いよ。どちらにせよしばらく観察は出来なさそうだけど」

嫌になるね、と困ったように眉《まゆ》を下げる誠に千歳がうんうんと同意したところで、会話が終

わったらしい真昼がゆったりとした優雅な所作で周の側に立つ。

周はそんな真昼にそっと椅子を引いて座るように促しつつ不思議そうな真昼に「梅雨って困るなって話題だった」とかいつまんで説明しておいた。

素直に千歳の前にある自席に座った真昼は、梅雨の言葉に淡く苦笑いを浮かべている。

「まあ、千歳さんは特に苦手ですよね。遊びに行き辛いですし、外で運動もできませんし、髪も乱れがちですから」

「僕はてっきり白河《しらかわ》さんは梅雨でも元気爆発してくれるのかと思ってた。でもよく思い出せば中学時代もこの時期は静かだったよね、特に二年のとき。今のテンションなんて考えられなかったし」

「あーあー中学の時の事は知りませーん」

あまり今の千歳に変わる前の中学時代を詳しく掘り出されるのは嫌らしい千歳は、耳を両手で塞《ふさ》いでそっぽを向くので、誠は肩を竦《すく》めて「まあ、ちょっとうるさいけど今の方が白河さんらしくていいよ」と宥《なだ》めているのか怒らせて元気を出させようとしているのか分からない事を口にしている。

「……さてはまこちん私に喧嘩《けんか》売ってます？」

「そういうつもりじゃないんだけど……でも騒が……賑《にぎ》やかなのは事実だからね」

「言い直した意味あるそれ？」

むっと眉を寄せて不満げに机をぱしぱしと叩《たた》く千歳は、誠とのやり取りで少し気力を戻したのか顔色が明るくなっていたので、誠なりに元気づけようとしていたのだろう。

ぷりぷりと拗《す》ねている千歳に、周は真昼と顔を合わせてひっそりと笑った。


この日は結局学校が終わっても雨は止まず、下校時も変わらぬ空の色を見せていた。

お陰で普段ならもう少し賑やかであろう通学路は静かなもので、足早に帰路に就く学生が多かった。

周はというと、大きめの自分の傘の下に真昼を引き寄せた、いわゆる相合い傘状態であり、真昼に合わせたゆったりとした歩みだ。

いつものように真昼の鞄《かばん》を濡《ぬ》らさないように持ちつつ、二人きりだからかほんのり萎《しお》れたような、疲れたようなため息をつく真昼を横目で眺める。

「……梅雨って湿気《しっけ》てるから気分が沈んでしまうのですよね」

視線を感じたらしい真昼が、周に鞄を奪われて手持《ても》ち無沙汰《ぶさた》なのかややいつもよりランダムに向きを変えた毛先を弄《いじ》りながら呟く。

「髪も決まりにくいですし、もつれがちで余計に困ります」

「セットがいつもより大変そうなんだよなあ。個人的にはその髪型も可愛《かわい》くていいと思うんだけど、致し方なくだろうし」

周としては、色々な髪型を見られるのは個人的に役得であるのだが、女子からすれば髪が整わないのは死活問題だろう。特に、身なりに人一倍気を使っている真昼なら尚更《なおさら》だ。

今の髪型はいつもよりもおっとりとした風に見えて可愛らしいのだが、真昼的には好きではないのかもしれない。

真昼は「か、可愛い」と反芻《はんすう》した後、照れたように視線を泳がせつつ、照れ隠しのように周の腕を指先でぺちぺちと叩いてくる。

「……さておき。夏場自体髪の手入れが大変なのですよね。真夏は真夏で日差《ひざ》しの問題で髪が傷みやすいのでケアは必須ですし。冬は乾燥、夏は湿気るか紫外線で傷む……季節や天候でケアも変えるので、大変なのですよ」

「女の子は大変だよなあ」

「ですので、周くんの髪質が羨ましいです」

急に飛び火してきたのでぱちりと瞬きすると、真昼はほんのり妬《ねた》ましげに周の髪を見上げている。ちなみに本日はワックスを付けるのが手間だったので休日のように櫛《くし》を通しただけの髪型だ。

「なんか湿気とか何のそのって感じのサラサラ具合ですし。手入れ的にはそんなに手が込んだものではないですよね？」

「せいぜい美容院のシャンプー使ってるくらいだぞ」

「元の髪質がいいからですね。しっかり手入れしたらもっとうるつやサラサラヘアーになりますよ」

「そこまでは望んでないんだけど……まあ余裕があれば努力しますよっと」

真昼が触って楽しいなら努力する甲斐《かい》があるだろう。別に今の髪でも弄る分には問題はないし手触りもそれなりによいが、真昼が喜んでくれるなら、という気持ちがある。

透けそうなほどに淡い微笑《ほほえ》みを浮かべる真昼の顔色を見るが、雨のせいもありいつもよりも顔に覇気がない。

白い頬《ほお》を眺めながら、周は静かに息を吐く。

「それより俺はこの天候だとジョギング行けない方が辛い。習慣付けてるのに怠け癖《くせ》が戻りそう」

流石に雨が降っている中長時間走るのはよろしくない。そもそもある程度体を温めてから走るのに冷やしてしまっては元も子もないだろう。

なので、今の期間はジョギングを休んで代わりに足腰のトレーニングを多めにしているところだ。

「とか言いつついつもより多めに筋トレはしてますよねえ」

「そりゃ折角努力が形として見えてきているのにまた逆戻りとか嫌だろ」

「ふふ、真面目《まじめ》さんでいい子ですねえ。えらいえらい」

微笑ましそうに眼差《まなざ》しを柔らかくして周の背中をぽふぽふと叩く真昼にくすぐったさを覚えながら、周も傘と鞄を持っていない手でそっと真昼に同じ事を仕返しつつ、空を見上げる。

相変わらずの暗い空ではあるが、どこか心地よさを感じる。激しい雨でなく、穏やかで包むような雨だから、というのもあるだろう。

一番の大きな要因は、隣に居る人の存在だが。

「ま、嫌な面はあるけどさ、こうして雨の中真昼と歩くのも悪くはないぞ？　雨の日は雨の日のよさがあるってもんだ。空の色とか空気とか、独特で好き。こういう日に静かに散歩も乙なものはあるぞ」

特に身なりに気を使う女子からは忌み嫌われているが、周は梅雨の静かで優しい気配に包まれた時期が好きだった。

鈍く落ち着いた光を落とす曇天の空も、耳朶《じだ》をくすぐるような柔らかな雨音も、ほのかに香る雨の匂《にお》いも、色褪《いろあ》せたような景色を彩《いろど》るように生き生きと咲き誇る紫陽花《あじさい》の花も。

ただ暗く閉塞感のある風景ではない。梅雨の時期に感じられるもので、この空気や景色は、周にとって心地よいものだ。

それに、隣には真昼が居る。

そっと手を握るだけで、更に視界は色付いて見える。見る心持ちを変えれば、隣に人が居れば、穏やかで心に残る景色になる。二人で並んで歩くだけで、充分に美しい光景だ。

「真昼と知り合うきっかけになったのも雨だから、俺は好きだぞ。今こうして雨の中を歩く時間も、かけがえのないものだと思ってる」

付き合いだしてから初めての季節、という理由もあるが、やはり二人で並んで歩くという事そのものに意味があると思っていて、同じ時間は二度となく、愛《いと》おしく感じるのだ。

「それに」

「それに？」

「雨の日はスーパーの安売りが割と残ってるからな。値引き時にも人が少ないから選びやすいぞ？」

最後は茶化《ちゃか》すように笑って好きな理由を告げてみると、呆気《あっけ》にとられたような真昼だったが、次第にほぐれたような柔らかい笑みになる。

「ふふ、長年の一人暮らしでの知識ですかね。分かりますけども」

「いいだろ別に。あるものは活用するタイプなんでな」

「駄目とは言ってませんよ、ふふふ」

ひとしきりおかしそうに笑った真昼は、ゆっくりと呼吸を落ち着けて、静かな眼差《まなざ》しで周を見上げる。

「周くんは、人生穏やかで色鮮やかに生きていけますね。見る景色全《すべ》てに色と楽しみを見いだせる人ですよ」

「急に何だ」

「いえ、ふと思っただけです。色んな事に色んな角度で楽しみを見いだせるのは素敵だなって」

「見ているものがこんなにも色鮮やかなのは、隣に真昼が居るからだと思うけどな。それに、俺には分からなかった色を真昼が教えてくれているから。今後ともご教示願いますよ」

ほんのりと羨ましそうに、そして少し寂《さび》しそうに呟いた真昼に、これは真昼の存在あっての事だとしっかり目を見て伝えると、カラメル色の瞳《ひとみ》が一瞬揺らいで滲《にじ》みかける。

ただ、それは苦しみを表したものではなく、徐々に喜びの色を表面に浮かばせてきていた。

「……私も、周くんに、色んな色を教えてもらっていますよ。今後ともよろしくお願いします」

「そりゃよかった」

本人が気付いているのか居ないのか、しばらく先まで隣を予約させてもらえたので、このまずっと隣を専有していけたらいいと思っている。

何が何でも隣を譲るつもりなんて、ないのだが。

手を繋《つな》いだまま周は微笑《ほほえ》んで、それから今日一番力の抜けた表情を浮かべている真昼の顔を覗《のぞ》き込む。

「……さて、早速真昼に雨の日に出来る楽しみを、帰ったら一つ教えよう」

「何ですか？」

「今日はスーパーで惣菜《そうざい》でも買って何かドラマか家にあるＤＶＤでも観《み》たり音楽聞いてゆっく

り過ごそうか。こういう日はあんまり無理しないでのんびり過ごすのが吉ってもんだ。今日気分どころか体調の方も悪かっただろ」

じっとカラメル色の瞳を見つめると、図星だったのか肩を揺らして視線を泳がせ始めている。

本当は登校中も怪しいと思っていたのだが、教室に着いてから確信した。あまり真昼は体調が思わしくない、と。

いつもの微笑みもやや精彩を欠いていたし、梅雨だから全体的に暗い雰囲気で誤魔化《ごまか》されていたが、いつもより血色がよくない。それに動作もほんの少しゆったりとしたものになっていて、あまり動きたがっていない気がしたのだ。

気圧《きあつ》の関係なのか女性的なものなのかはプライベートの事なので聞けはしないが、とにかく表面上気を張っていたが気怠《けだる》げなのは分かっている。出来るだけ今日は真昼に無理をさせないようにするつもりだった。

気づかわしげに真昼を見ると、真昼は観念したらしく歩きながら周の二の腕に頭を預ける。

「……そういうところが周くんのいいところで悪いところです。隠せないです」

「真昼は隠し事下手だからな。体調悪いとちょっと行動とか仕草が変わる」

「たとえば？」

「それを言うと隠そうとするから言わない」

笑い方や歩き方、手の癖でも真昼に異常が出ていると周なら分かるが、それを本人に伝えたら意識的に癖をなくそうとするので、当然言う訳がない。

むぅ、と不満げであるが、周としても譲る訳にはいかないので「だーめ」と要求を突っぱねてから握った手を軽く揉《も》む。いつもよりほのかにひんやりとしているのは、梅雨のせいだけではないだろう。

「もうちょっと頼ってくれていいからな？　ほら、そこのスーパー寄ろうか。お惣菜と……まあ俺に何か作ってほしいものがあれば作るけど」

「……おにぎり」

抵抗せずに素直に要求してくれる時点で割と辛かったんだな、と思うともっとうまく気遣えたらよかったたと少し後悔してしまう。

倒れそうではないし真昼も学校で弱みは見せたくないらしく、さりげなく気を回していたのだが、やはり側に居た方がよかっただろう。

ふにゃふにゃと周の方に身を寄せてきた真昼の手を握り直して、取り繕うのをやめてやや気だるげな表情の真昼に笑いかける。

「俺もうちょっと凝ったもの作れるぞ？　わがまま言ってくれていいからな？」

「周くんの作ったおにぎりがいいです」

てっきり周が料理が得意でないから遠慮したのかと思ったのだが、どうやら本当に真昼は周のおにぎりがよかったようで「だめですか？」とどこか弱々しい瞳で見上げてくる。

「いいや、真昼がおにぎりがいいならおにぎり作るよ」

とっておきのものを作るぞ、と茶目っ気たっぷりに笑うと、真昼も嬉《うれ》しそうに「期待してますからね？」と気が楽になったように微笑むので、周は柔らかい表情のまま真昼を伴ってスーパーに向かった。

第6話　付き合い始めて変わった事

「そういえば体育祭から藤宮《ふじみや》は椎名《しいな》さんと付き合い出した訳だけど、藤宮的には何か変わったの？」

梅雨《つゆ》の雨続きでグラウンドが使えず、女子は体育、男子は保健の授業を行う事になったのだが、教師が教室を出ていったタイミングで前に座っていたクラスメイトがそんな事を聞いてきた。

恐らくだが、先の授業で体育祭が終わってから浮ついた空気が流れているので気を引き締めるように、との忠告があったせいだろう。周《あまね》としては授業態度はいつも通りだし、むしろ前より真面目《まじめ》になっているくらいなので自分を指した言葉ではないと思うが、体育祭という言葉に他の男子達は思わず周を思い浮かべたのだろう。

他の男子も気になったのかこちらに顔を向けるので、周としては複雑な心境である。

「学校でこうして取り囲まれるようになったな」

「ごめんて。それ以外では？　どこまで進んだんだよ」

「……別にないというか。精々一緒に帰るようになったくらいだ」

付き合い出して二週間程経《た》っているが、明確に変わった事はあまりない。そもそも付き合う前からスキンシップは結果的にしていたし、真昼《まひる》が家にやってくるのもいつも通りだ。

強いて言うなら意識的にスキンシップするようになったくらいで、生活としては変わっていないだろう。

「うそだぁ」

「何で嘘《うそ》つく必要あるんだよ」

「いやだってさあ、なあ」

「なー」

「あんなに椎名さんにベタ惚《ぼ》れされてるんだから、こう、もっといちゃついたりしてるのかと」

「いちゃつくって……別に、そういうのは」

「あまねー、お前の基準は割と狂ってるから頼りにならないんだ。普通に考えていちゃついてるんだよお前らは」

側で話を聞いていたらしい樹《いつき》の呆《あき》れたようなツッコミに思わず瞳《ひとみ》を細めて彼を見るが、彼はどこ吹く風で笑っている。

「……そんな事を言われても。無理に恋人らしい事はしようと思ってないし、いつも通りだよ」

「つまりいつもいちゃついているって事ですねー」

「あのなあ」

「山崎《やまざき》の言ってる事は事実だと思うけどな。お前ら外だからって人目憚《はばか》ってるつもりでも割と漏《も》れ出てやられてるんだぞ。オレは止めてるのにいちゃつくしさあ。ま、外な分セーブしてるだろうけどな。家だともっといちゃついてるだろうし」

結果的に仲睦《なかむつ》まじさをアピールしている事になっているが、周としては意図したものではない、と主張したいが、恐らく言っても届かないだろう。

ぐぬ、と口をつぐんだ周に、周囲の男子達は「家……？」とざわつき出したので、樹が余計な情報を付け足したのだと後から気付いた。

「大体椎名さんは周んちに居るし、そりゃ二人きりなら人目を気にせずいちゃつけるからなあ。最早恋人っていうか夫婦なんだよな」

「樹」

「隠したところでその内怪しまれるから先に言っとけ。そもそも同じマンションに帰ってるところを目撃したやつが居るんだ、お前的にはあらぬ勘違いをされない内に正確な情報で訂正しとけ」

変な風に誤解されるのは椎名さんが困るだろ、という眼差《まなざ》しを向けられてきゅっと唇を結んでしまう。

付き合いたてなのにもうお泊まりする仲だ、と思われるのは、よくないだろう。真昼が軽く見られそうなのは周的にも嬉《うれ》しくない。

実際泊まり、というかベッドを貸した事はあるが、一緒の部屋では寝ていない。真昼が無意識の内にねだって来た事はあるが、実行に移してはいないのでノーカンだろう。

「そういえば椎名さんとは近所って言ってたな……近所って、めっちゃ近い？」

「……まあ、同じマンションだし、俺《おれ》の家に居る事が多いな」

「つまり藤宮んちに行けば椎名さんちにも……」

「呼ばないしマンションのエントランスで弾《はじ》かれるぞ。不審な行動してたら警備員来て摘《つま》み出されるのがオチだ」

周と真昼が住まうマンションは流石《さすが》にコンシェルジュ付きの高級マンション程ではないが、そこそこにセキュリティはしっかりしている。中庭付きで警備員も居るようなやや富裕層向けのマンションなので、不審な動きをしていたら警備員に連れて行かれるだろう。

「まあさっきのは冗談だけどさ。……つまり椎名さんって藤宮んちに入り浸ってるの？」

「い、入り浸るというか……まあ、結構一緒に過ごしているけど」

入り浸りというより、入浴と就寝以外は周の家で過ごしているので最早住んでいるに近いのだが、それを言うと余計に周囲が荒ぶりそうなので黙っておく。

ただこの情報だけでも男子達は目を剝《む》いて詰め寄ってきた。椅子が次々と音をたてている辺り、相当に衝撃的だったようだ。

「ちょっとちょっと、それは不健全だろ！」

「何だそのエロゲの幼馴染《おさななじみ》常套《じょうとう》手段のような展開！　よくないです！」

「ところがどっこい、二人は健全オブ健全な関係みたいなんだよな。むしろはよ手を出せとしか言いようがないくらいに健全だからこっちがビビる」

「てっ、……手を出すとかそんな、まだ付き合い始めたばかりなのに、する訳ないだろ」

付き合って二週間でそういった行為に及《およ》ぶのは幾ら何でも性急《せいきゅう》すぎるし、もし仮に真昼を好き過ぎて周が求めたとして真昼からしてみれば体目的なのではないかと不安になってしまうだろう。

周としては、そんなに急ぐつもりはないし、負担があるのは真昼の方なので周の意思だけを押し付けて事を進めるつもりは一切《いっさい》ない。そもそもキスもまだなのにそういう事が出来る筈もなかった。

「時間をかけて段階を踏んで合意の上でするならまだしも、俺の欲求を押し付けるなんて真似《まね》は出来ない」

こういう話題を出すのは気恥ずかしく、どうしても尻《しり》すぼみになりつつも告げる周に、樹は周囲を見渡してわざとらしく肩を竦《すく》めてみせた。

「な？　こういうところが椎名さんにとって周の好きなところの一つなんだよ。すげー紳士的なの。もうヘタレって言ってもいいくらい慎重で気遣いやさんなんだよ」

「藤宮、ちゃんとついてる？　枯れてない？　ほんとに男？」

「俺の事馬鹿《ばか》にしてるだろ」

どこをどう見たら自分が男以外に見えるのか、と眉《まゆ》をひそめるが、周囲で「なんで天使様みたいな可愛《かわい》い子が側に居て押し倒さないんだ」だの「これがへたれ」だの聞こえてきたので、口元までひくついてくる。

「余計なお世話だから黙ってろ。俺達は俺達のペースで交際するから他人の口出しは要らない」

「まあ椎名さんはちぃにアドバイスしてもらってるらしいけどな」

「千歳《ちとせ》にはアドバイスは弁《わきま》えたものにするように言っとけ。要らない知識を真昼につけてもらっても困る」

真昼が良識を持っているとはいえ男女交際については初心者なので、あらぬ知識を刷り込まれないか心配だった。

「これは無垢《むく》な椎名さんに教え込むのは俺だという主張で」

「いい加減にしろよお前」

なぜそんな受け取り方をするんだ、と非難の眼差《まなざ》しを向けるが、樹は素知らぬ顔をしていた。

「まあまあ。それにちぃを止めたところで他の女子も色々と言ってるみたいだし。恋する椎名さんが可愛くてアドバイスしちゃうんだってさ」

「変な知識ついたらどうしてくれるんだ」

「恋する椎名さんのいじらしい努力なんだから」

「それは否定しないけど心臓に衝撃与えられる俺の身にもなってみろ」

「彼女が自分のために一生懸命っていいだろ？」

そう言われたら否定する訳にもいかず、眉を寄せるだけで不満を口にするのは避けた。樹はそういう反応をすると分かっていたのかへらりと笑う。

「ま、周が好きって気持ちが高じてしようとする事だから拒めないよなあ」

「……お前の彼女が教え方の加減を知らないのが悪い」

「そんな過激な事を教えているとは思わないけどな。流石にちぃも弁えてるだろ」

「ほんとかよ……」

「こないだ白河《しらかわ》が椎名さんに『こういう事をすると周は喜ぶよ』ってくっつき方吹き込んでるの見たけど」

「樹、監督責任」

「オレのせい⁉」

やっぱり余計な事を吹き込んでるじゃないか、と責めるような目で樹を見ておく。千歳が真昼に良くも悪くも男女交際に関して色々な種類の知識を吹き込むのは想像出来ていたのだ。千歳を制御出来るのは樹だけなので、樹が止めて然《しか》るべきだろう。

全く、とため息をついた周に、周囲は何とも言えない空気になりつつもそっと周に視線を向ける。

「結局これはのろけって事でいいか？」

皆の言いたい事をまとめたように一人の男子が問いかけるので、周は「……そんなつもりはない」と返したが、信用してくれる男子は一人も居なかった。

「そういえば今日体育の時間に何か盛り上がってましたけど、面白いことでもあったんですか？」

学校の授業を終えて帰宅してから唐突に言われて、油断していた周は持っていたスマホを腿《もも》に落とした。

手帳型のカバーのせいで結構な重量になっていたので地味な痛みを太腿《ふともも》に覚えつつ真昼に視線を戻すと、周の隣に座ってあくまで不思議そうな顔をしている真昼と目が合う。

どうやら何か話していた事自体は知っているらしい。授業終了後まで話していたので、教室に帰ってくる時に声が聞こえていたのだろう。

「いやまあなんだ、その、気にしないでください」

まさかどこまで進んだとか聞かれたとは言えず視線を外すと、真昼は「ええ……？」と困ったような声をこぼす。

「周くんがそう言う時は気にしないといけない場合が多いのですけど」

「男同士積もる話があったというか」

「は、はあ……言いたくない、もしくは言えないタイプのお話をしていたと」

「言えないっていうか、言いにくいというか」

これはこれで誤解を招きそうなのだが、詳しく説明しても気恥ずかしいので曖昧《あいまい》な表現をするのだが、真昼は周を見つめながら黙ったままだ。

呆れられたか、不満を抱かれたか……と胃のあたりがほんのり痛みだすのだが、真昼はそんな周に困ったような微笑みを向けた。

「ああ、別に言いたくないなら言わなくて結構ですよ。根掘り葉掘り聞くのはよくないですし、周くんにもプライベートがありますので。男性には男性だけで話す事もあるでしょうし、女性が聞かない方がいい話題をする事もあるでしょう」

「そこまで理解を示されるのも複雑なんだけど……いや真昼が思ってる程のものじゃないんだけども。聞かなくていいの？」

「周くんだって女の子だけで喋《しゃべ》った内容を聞こうとは思わないでしょう？」

「そりゃまあ。下手すれば反感買うだろうし、聞かれたくない事は聞かないけど。真昼が俺の彼女であっても、真昼の生活や考えを制限していい訳じゃないからな」

女性は女性同士内々に色々な会話をしている事くらいは分かる。周としては真昼が何を話したかは気になるものの、その辺り怖いので聞きたいとは思っていないのだが、やはり根掘り葉掘り聞きたい人も居るだろう。

周は真昼は真昼としての人生があるのだから、恋人であってもプライベートは尊重するつもりだ。

　そこは区別をつける、と今度は真っ直《ます》ぐに真昼を見ると、おかしそうに柔らかな笑みが咲いた。

「それと一緒ですよ。好きだからって何でも知る事が正しい事だとは思いませんので。知らなくても、周くんを好きという事には変わりないですから」

「……そういうところも真昼の魅力だよなあ」

「そっくりそのままお返ししますよ」

　くすくすと上品な声で笑って二の腕にもたれてきた真昼の、周に対する信頼を感じ取って面映《おもは》ゆさを覚える。周は緩《ゆる》く滑らかな手の甲を指の腹でなぞりながら「ほんとに聞かなくていい？」と囁《ささや》く。

　あまり積極的に教えたいものではないが、隠さないといけない、というものでもない。不安に思うなら教える、くらいのつもりだったのだが、真昼は相変わらず周に体重を預けるようにしたまま微笑む。

「聞いてほしいなら聞きますけど、聞かない方がいいなら聞きませんよ」

　お好きにどうぞ、と周に委《ゆだ》ねてくれる真昼に、周はどうしようかとたっぷり十秒ほど悩んでから、ゆっくりと口を開く。

「……まあ、その、何だ。真昼と付き合って変わった事があるかとか、どこまで進んだとか、ちょっと下世話というかそういう質問をされただけだよ」

恐らく更に邪推もされていただろうが、口には出さなかったので周もいちいち反応はしなかった。ただ周がどう変わったのか、というのも関心を持たれていたので、真昼にはこちらをメインで伝える事にした。

周の躊躇《ためら》いがちな声に真昼は納得したようで「気にされるものなんですね」と苦笑している。

「付き合って変わった事と言っても……その、意識が変わって、意図的に触れ合うようになった事くらいしか」

「元々距離が近くなっていたからな。俺達が変わったというよりは、取り巻く環境が変わった方が大きいかもしれないなって」

自分達で後から反省したのだが、付き合う前から節度を持ったスキンシップはしていた。エスコートのために手を繋《つな》いだり、慰めるためとはいえ抱き締めたり、仕返しに真昼が頰《ほお》にキスしたりと、よくよく考えれば付き合ってないとおかしい事までしていた。

今となっては非常に恥ずかしいし何でそこで好意に応《こた》えなかったんだと思うが、慎重、いや臆病《おくびょう》で疑《うたぐ》り深いからこそあそこまで決意出来なかった。

流石に情けないとも思っているので、これからはちゃんと真昼をリード出来るようになりたいし、堂々と出来るように努力していくつもりだ。

「それはありますね。周くんもぴっしり格好を整えるようになって、見る目変わりましたからね。女性の方にも話しかけられやすくなってますもの」

「いや女子に声をかけられるのは応援の声ばっかなので……」

「でも周くんがカッコいいって声も聞きますよ？　あと笑顔が可愛いって」

「それは多分真昼に向けた笑顔なので……真昼しか見てません」

何だか微妙にやきもちを焼いている気がしなくもないので宥《なだ》めつつ静かに囁くと、ほんのりと頬を染めつつも満更《まんざら》でもなさそうに額を擦り寄せてくる。

そういうところがあどけなくて可愛いんだよな、と思いつつ口にすると「子供扱いしてませんか」と言われそうなので内心で留《とど》めて、ひっそりと笑った。

上機嫌そうな真昼を微笑ましく眺めつつクラスメイトに囲まれた時の事を思い出して、そういえば聞いておかなければならない事を思い出す。

「つーか、聞き捨てならない情報を拾ったんだけど」

「え？」

「真昼、千歳とか他の女子にアドバイスしてもらってるらしいな。変な事話してないよな？」

交際事情を詳しく話してはいないよな？　という確認を込めて真昼を見るのだが、真昼はぎこちなさそうに周を見上げて、それからふいと視線を逸らした。

「……そんな事は、ちょっとしか」

「あるんじゃねえか。……駄目とは言わないけど、その、俺達の仲があけすけになるような相談はやめてくれよ。筒抜けになるの滅茶苦茶《めちゃくちゃ》恥ずかしいからな」

「き、気を付けます」

相談自体は問題ないが、あまりにこちらの状況が周りに知れ渡るなら止めざるを得ない。真昼の事なのでそのあたりの加減は出来るとは思うのだが、天然なところもあるので一応注意くらいしておいた方がいいだろう。

真昼も友人とはいえ話しすぎたと思っているのか、身を縮めている。

周も樹や優太《ゆうた》に相談しない訳ではないが、内容は選ぶしそこまで深い相談はしていない。もしかしたら、真昼には何か大きな不満や不安があるのではないか、と勘ぐってしまう。

「……そんなに俺と付き合って不安？」

「ふ、不安とかではなくて……その、ど、どうしたら、周くんが喜んでくれるかな、と相談していただけで」

「側に居てくれるだけで十分に喜ぶんだけど……」

「そうなんですよね……周くんって私が一緒に居たらそれでいいって言ってくれるタイプですから。大して物欲もないですし、あまり人に要求しないんですよね」

「真昼にも同じ事が言える気がする」

全部真昼にも同じ事が言えるのだが、真昼はぱちりとカラメル色の瞳を何度か瞼《まぶた》で一瞬隠す事を繰り返した後、艶っぽく微笑んだ。

「……私は結構欲張りですよ？　周くんを独り占めしたいですし、甘やかしたいし甘えたいですから」

「そっくりそのままお返ししますよっと」

「甘えたいのですか？」

「……す、好きだから甘えたいし、甘やかしたい。独り占めは、まあ家の中だけで我慢するけど」

真昼はそう感じていないかもしれないが、周は自分では独占欲が強い方だと思っている。

常識と理性が真昼には真昼の気持ちがあるし生活があるので自由にさせるべきだ、と言い聞かせてくるし、周自身も尊重したいとも思っているが……それはそれとして、やはり自分の彼女なのだから無駄に周囲に見せたくない、とも思ってしまう。

真昼がモテるのは知っているしそれ自体は許容出来るが、可愛い彼女は自分の彼女なんだ、と腕の中に引き込みたくなる。自分だけに甘い顔をしてくれたらいいし、自分だけを甘やかせばいい。

そう思うくらいには、周は真昼に惚《ほ》れ込《こ》んでいるし、真昼に自分だけを見てほしいと願っていた。

我ながら重いのでは……と自嘲《じちょう》するのだが、真昼は何故《なぜ》だか嬉しそうで、こそばゆそうに頬を緩めた。

「……周くんが付き合って変わったところ、私一つ見つけましたよ」

「何?」

「周くんは、感情表現と愛情表現が素直になりました」

はにかみながら見上げてくる真昼は、重たいと自分で自覚している周を厭《いと》うどころか、進んで受け入れるように周に身を寄せる。

確かに、付き合う前と比べたら、素直になったと思う。

長らく想《おも》い続けてようやく結ばれた相手だ、大切にしたいし、周の言動で誤解させて辛い思いをさせたくはない。自然と優しい言葉になるし、真昼が心細さを感じないように好きだという気持ちはしっかりと伝えるようにしていた。

「そりゃ、言葉だけでも態度だけでも駄目だろ。好きってちゃんと伝えないとこじれるって聞くし」

「そういうところなんですよねえ、周くんは」

「それは不満という事で?」

「いえ、勿論《もちろん》いいところですけど、その……たまに心臓に悪いというか」

ずるいのです、とほんのり頬を膨らませた真昼に無性に愛しさを感じて頭を撫《な》でる。

「いつだって心臓に悪い真昼に言われたくないな」

「私が何をしたと言うんですか」

「いちいち可愛いし無防備だから辛い」

「……やっぱり心臓に悪い人です」

そう言って周の胸をぺちぺちと叩《たた》く真昼に、流石に周は同じ事は出来ないので頬をくすぐるように指の腹で叩く事で仕返した。

第7話　セクシーなのはよくないです

「周《あまね》くん、今日寄るところあるので別々に帰っていいですか？」

七月に入ったある日の事、放課後いつものように一緒に帰ろうとしたら真昼《まひる》にそんな事を言われた。

むしろいつもは真昼が一緒に帰りたがるのでその申し出は意外で、思わず真昼の顔を凝視する。

基本的に寄り道するにしても周も共に行くので、それをやんわりと拒んでいるのは周に知られたくない事があるのだろう。

ただ、真昼の表情からは別に後ろめたい事ではないと分かるし、心配する事はない。

夏は日が暮れるのが遅いし、長時間寄り道しないのであれば問題ないだろう。本音を言えば、一緒に帰りたくはあるが。

「ん、分かった。じゃあまた後で」

どうせ家で一緒に過ごすと分かりきっているので、真昼の意思を尊重する。

受け入れられた事に真昼は少し安堵《あんど》したようだったが、ふと何かに気づいたように目を少し見開いて、それから少しだけ警戒するような眼差《まなざ》しを見せる。

「……他の女の子と帰ったりしないでください」

「俺《おれ》がすると思うか？」

「しないですけど、女の子側から誘われる可能性がありますので。……その、駄目とは言いませんけど、やです。この間、声かけられてましたし……」

声を洩らさなかったのは奇跡だった。

（……もしかして、やきもちやいてるのだろうか）

周が誘われるなんて日頃《ひごろ》の真昼への態度を見ていればまずないのだが、真昼は心配になったらしい。

ちなみに周が声をかけられていたのは、仲を応援している女子からの「がんばれー」というものであり、心配の必要はない。

微妙に居心地悪そうにしつつもすがるような不安げな表情で見上げてくるので、可愛《かわい》いなあと頭を撫《な》でたくなったが、周囲の目があるので控えておく。

以前やらかして周囲が真昼の笑顔に固まっていたので、流石《さすが》に同じ轍《てつ》は踏まない。

「大丈夫だよ。真昼しか見てないし、誘いにも乗ったりしないよ。あって千歳《ちとせ》に連れ回されるくらいだ」

「……それならいいですけど」

千歳は許容範囲内らしい。そもそも樹《いつき》が居るので間違いなく周を見る事はないし、周も千歳を見る事がないので安心なのだろう。

周の言葉に少し安堵《あんど》したように肩の力を抜いた真昼は、今度はやや恥ずかしそうに周を見上げる。

「あと、その、万が一にも誤解を招くのは嫌なので先に行き先言います」

「内緒にしなくてよいものなのか？」

「は、はい」

その割に言《い》い淀《よど》んでいる気がするが、真昼は言葉を続ける風なのでおとなしく待つ。

「そ、その……お買い物に、行ってきます」

「そうなのか？　でも別に恥ずかしがる事じゃ」

「千歳さんと……そ、その、水着買いにいきます、ので」

「……水着？」

確かに、七月に入って水着は本格的に売り場に出ている。

周達がよく通うショッピングモールでは水着の特設会場が設けられており、クラスの女子達が水着買いに行こうと言っていたのは記憶に新しい。

ただ、まさか真昼が自ら水着を買いに行くなんて思っていなかった。

何せ、真昼は泳げない。

これは本人の自己申告であるが、泳ぎたくないから水泳が必修科目にない学校を選んだらしいので、とにかく泳げないのだろう。

その真昼が、水着を買いに行く。

「……一緒にプール、行くんじゃなかったんですか……？」

もじ、と身を縮めて恥じらいながら囁《ささや》かれた言葉に、周は体を固まらせ、それから掌《てのひら》で顔を覆《おお》う。

（……そういう顔で言わないでほしい）

案の定、教室に残っていたクラスメイトがこちらを見ている。

呆《ほう》けたような表情から生暖かい笑みまで様々な表情を向けられて、周は居心地が悪いやら恥ずかしいやらで非常に落ち着かない。ただでさえ真昼の照れた顔を見て心臓が落ち着かないのに、こんな雰囲気で見守られれば、居たたまれなくなる。

「……そっか。その……行ってこい」

「は、はい。……どんなのがいいですか？」

「際《きわ》どくない方向で」

即答せざるを得なかった。

真昼のスタイルならどんな水着でも着こなしはするだろうが、なるべく必要以上の露出がない方向が望ましかった。

なにせ、周と真昼は付き合い始めて数週間であり、真昼の素肌なんてほぼ見た事がない。

学校ではしっかりと首元までボタンを閉めているしタイツもはいている。暑くないのかと心配になるくらいには隙《すき》のない格好だ。

家は家で基本的に胸元《むなもと》が見える服はあまり着ないし、スカートも長めのものが多い。ショートパンツをはく時も下にタイツをはいている。

つまり、胴体の素肌をほぼ見た事がない。というかまるきりない。そもそも見る機会がない。

そんな状態でセクシーな水着を選ばれたら、周は当分その場にしゃがみこむ羽目になるだろう。

きっぱり言いきった周に真昼はぱちくりと目を丸くして、それから小さく吹き出した。

「周くんらしいですね」

「俺が死ぬ。派手じゃないのがいい」

「ふふ、どうしましょうか」

「真昼」

「周くんに喜んでもらえるの、千歳さんと相談しますね」

小さくはにかんだ真昼に、周はきゅっと唇を結ぶ。

(千歳に変なの勧めるなってメッセージを送っておこう)

これは死活問題であり、真昼に引かれないためにも阻止しなければならない。

今はこの教室に居ない千歳にメッセージを送る決意をして、微妙に悪戯《いたずら》を考えていそうな真昼の頬《ほお》をつついた。

結局のところ、真昼はどんな水着を買ったのかは教えてくれなかった。悪戯《いたずら》っぽく「着る時のお楽しみです」と言われてはぐらかされた。

一応千歳には釘《くぎ》を刺しておいたのだが、千歳がそれを聞き入れるかどうかが怪しい。むしろ嬉々として真昼に「周が喜ぶから」と言って露出が高い水着を勧めていそうだ。

「頼むから派手なやつはやめてくれよ」

呟《つぶや》いた言葉は、浴室に反響して周の耳に収まるだけ。

食後の後片付けを名乗り出た真昼に片付けを任せて汗を流すためにも風呂《ふろ》に入っているが、水着の事が気になって仕方ない。

周も男子高校生なのでやはり彼女がどんな水着を着るのか、というのは妄想してしまう。ほっそりとした体を惜しげもなくさらした姿は、確実に魅力的だろう。真昼は元々起伏が豊かな体つきなので、ビキニなんてものを身に付けられでもしたら確実に直視出来ない。

想像しただけで心臓がうるさくなるし、体が火照《ほて》ってくる。湯船に浸《つ》かっているせいもあるが、それとは別に熱くなっていた。

(……なんでも似合うだろうが、見るの躊躇《ためら》うし隣に並べるのか俺)

見る権利はあるだろうし隣に居る権利もあるが、真昼の隣に並ぶと色々と霞みそうである。

ちらりと自分の体を見てみるが、まだまだ理想からは程遠い。不要な肉は元々ついていなかったし腹筋の凹凸《おうとつ》は目で見えるようになってきたが、やはり理想体形には届かない。他人からは細身の男、といった印象が強いだろう。

頼り甲斐《がい》がある、風格のある男、というのにはどう考えても当てはまらないと思っている。

もう少しがっしりとした骨格ならよかったのに、とは思うものの、両親が細身なのでこれは遺伝だろうしどうしようもない。代わりに上背はあるので、その点は両親に非常に感謝している。

「……門脇《かどわき》と相談してもう少し筋トレ増やそう」

下地は出来ているし、最近の筋トレは負荷が足りなくなってきたところだ。無理はしないようにしつつももう少し強めに鍛えれば、水着のお披露目《ひろめ》の前には今よりは体形がよくなっている、筈だ。

真昼の隣に立つと決めたのだから努力を怠ってはいけないし、自分に自信を持つためにももっと頑張らなくてはいけない。

そっとため息をついて、湯に顔を半分ほど浸けた。

水着姿を妄想したり隣に並んだ自分を想像して悩んだりしていたら温まり過ぎた。

いつもは湯船に浸かるのは十分程度なのに、三十分以上浸かってしまったところに懊悩《おうのう》がよく分かるだろう。

いつもの三倍以上風呂に時間を割いてしまったので、二十二時も半ばだ。風呂に備え付けている防水時計で確認したので間違いない。真昼は基本的には二十二時には自宅に戻っているので、もう帰宅している筈だ。

まあ帰っていて当然だろう、と結論付けて、体から滴《したた》る水を拭き取りさっさと服を着ていく。浸かりすぎて体が熱いので上は着ずにクーラーに冷やしてもらう事にした。

スウェットの下と頭にかけたタオルだけという、親に見られれば「だらしない」か「お腹壊《なか》すわよ」と言われそうな格好で脱衣所を出てリビングに戻る。

なんかいい番組でもやってるか、とテレビの方を見ながらリビングにたどり着いたところで、見慣れた亜麻色の髪がソファの背もたれにかかっていたのが見えた。

(まだ帰ってなかったのか)

普段ならこの場には居ないのだが、珍しく残っていたようだ。

やや俯《うつむ》きがちで、何やら手元を見ながら腕を動かしている。おそらく家でやる筈の勉強をしていたのだろう。努力家なのは相変わらずで、感心しつつ真昼に近寄る。

「珍しいな、こんな時間まで居るの」

テーブルの上に置いてあったリモコンを拾って番組を変えつつ声をかければ、集中していたらしい真昼が周に気付いて顔を上げて、それから固まった。

「はっ、え、え……」

「何だよ」

「っな、何で、上着てないんですか……っ」

夏場の風呂上がりではやりがちな格好で別に周としてはおかしいところはないのだが、真昼は分かりやすくうろたえて顔を掌で覆っている。

指の隙間《すきま》からは赤く染まった肌が見えた。

「何でって、そりゃ暑いから」

「わ、私が居るのにそういう格好しないでください」

「いや真昼は帰ったとばかり……もう二十二時半だぞ」

「周くんに一言言って帰ろうと思ったんですっ」

だから残っていたのか、と納得しつつ、真昼の隣に座る。

途端にびくりと肩が跳ねていたので、つい笑ってしまった。

「……そんなに恥ずかしいか？」

「恥ずかしいに決まってます！」

「でも、水着買ったなら俺の水着姿見るつもりあったんだよな？　これでも駄目なのか？」

「う……」

真昼は周と泳ぎに行くつもりで水着を買うと言い出したのだ。

なら、周が水着になるのも頭には入っていた筈だ。泳ぐのだから当然だろう。

つまり半裸は見る前提という事だ。それなのに、周の半裸にこれでもかとうろたえているのだから、実際プールに行けるのか不安になってきた。

周に照れるなら周囲の男の水着に耐えられるのか、という問題がある。

恋人ではない状態でも半裸に照れていたし、男の肌そのものを見る事に抵抗があるという事だろう。プールや海に行けるか危うい。

「……水着買ったのはいいけどプールに行けないなんて事もあり得るんだが」

「そ、それは仰《おっしゃ》る通りですけど」

「なら今のうちに慣れたらどうだ？」

今なら露出は水着より少ない方だし慣れておくチャンスなのだが、真昼はぶんぶんと首を振っている。

「む、無理です。今の周くんじゃ無理です」

「何で」

「……あ、周くん、なんか、やけに色っぽいですし」

「色っぽい？」

「お風呂上がりでとても駄目なんです」

先程から目を合わせない理由は、肌色だけではなかったらしい。

色っぽいとか言われても周としては色気など薄いと自負しているのだが、真昼にとってはそうではないらしい。

確かに湯上がりの真昼はとんでもない色気があるし、好きな人の湯上がり姿は余計にそう見えるのだろう。

普段真昼にしてやられている側としては、こうして真昼がうろたえるのを見るのはほんのり気分がいい、なんてちょっと嗜虐心《しぎゃくしん》を覚えてしまうが、あまりからかいすぎると真昼の方が茹《ゆ》だってしまう。

「そんなに嫌なら服着てくるけどさ」

「い、嫌とかじゃないですけどっ。……ちょ、ちょっと待ってください、頑張ります」

「いや頑張らないと駄目な程に困ってるなら服を」

「こ、これから見慣れないと困るのです！　周くんと一緒にぷ、プール、行くのです、から」

なんとも健気《けなげ》な事を言ってちらっとこちらを見ては顔を赤くして視線をふわふわと別の場所に漂わせる真昼に、周は急《せ》かす事はせず真昼の健闘を見守る。

あまり真昼の事をとやかく言えないのは、周が真昼の立場なら真昼より確実に視線がさまよって迷子になるだろうし、視線だけでなく体まで逃げ出すかもしれないからだ。

「……周くんが、頑張ってる事は知ってますし、その成果が出ている事は、応援している身として嬉《うれ》しい事です」

「うん」

「でっ、でも……そ、その、……最近かっこよすぎて駄目ですっ。自信ついてきたから余計にかっこよくて駄目です、ずるですっ！」

「ずる」

「私の方が、どきどきしっぱなしです」

「……それは聞き捨てならないなあ」

真昼が周にどきどきしているのは知っているが、周がどきどきしていないと思われるのは心外だ。真昼と同じように、心臓の鼓動は平常より強い。

周はそれに加えて真昼にはないだろう葛藤まで抱えた上で真昼の側に居るのだ。周からしてみれば、真昼の方がずるかったりする。

少しは周の気持ちも思い知らせてやろう、と周は真昼の背に手を伸ばして、そのまま華奢《きゃしゃ》な体を引き寄せた。

ちゃんとこちらを視界に捉《とら》えていなかった真昼は油断していたのだろう、あっさりと周の腕の中に収まって素肌に頰を寄せる事になった。

小さな体が、分かりやすく揺れる。

「ああ周くん」

「……セクハラだと罵《ののし》っても、逃げてもいいけど、俺の気持ちも少しは分かってほしい、というか」

半裸で抱き寄せるなんて真似《まね》、普段の周ならしない。そもそも真昼の目の前でわざわざ半裸になる事がないのだが、今日ばかりは仕方ないだろう。

「結構、どきどきしているというか。……俺は男だから、真昼より、この状況に思うところはある訳で」

勿論《もちろん》この状況は周に原因があるので真昼に何か責任を問う事はないが、やはり、恋人同士で夜に二人きり、という点にどうしても落ち着かない気持ちになってしまう。

真昼だけがどきどきしている、なんて事は、ありえない。

腕の中の真昼は周の胸に頬を当てた事で心音を聞いたようで、真っ赤《まか》な顔ながら驚いたように瞬きを繰り返している。

分かってもらえたようなので真昼の体から手を離すが、真昼は周にもたれたまま動こうとはしなかった。

「……ごめん、引いたよな」

「ひ、引いたとかではなくて……そ、その、……周くん、こうしてみると、すごく、お、男の人なんだなって」

「俺の事を何だと思ってたんだ」

失礼な事を言われているのでは、と微妙に眉《まゆ》同士が近づきそうになったが、慌てたような真昼の眼差しと震え方に表情の強張《こわば》りをとく。

「お、思ってなかった訳じゃ、ないですよ。ただ、その……こうして、直にくっついたら……すごく、男の人なんだなってって」

ちょっぴり言いにくそうにしつつも素直に答えた真昼は、躊躇《ためら》いがちながらも確かな手付きで周の胴体に触れる。そうっと、壊れ物に触れるような手付きで撫でてくるので、周としては恥ずかしさよりもくすぐったさの方が先に来てしまう。

「……周くんは、細いから……」

「細くて悪かったな。頼りないだろ」

「そんな事ないです。その、お、思ったより、硬くて、しっかりしてて、びっくりしました……」

指先で、ゆっくりと体の中心をなぞるように触れる。

いかにもといった筋肉の盛り上がりはあまりないが、鍛えた甲斐はあってそれなりに硬く引き締まっている。指先がぱっきり割れそうで割れない腹筋をなぞって、感触を確かめていた。

真昼の肌色への慣れのためとはいえ、何というか、非常にむず痒《がゆ》さともどかしさと羞恥《しゅうち》が一緒くたになって襲ってくるので、呻《うめ》くのを必死に押し留《とど》めている状態だ。

「私、男の人の体なんて触った事ないから、新鮮ですし、びっくりして……」

「……真昼にならいくらでも触られていいけど、あんまり触りすぎると、真昼が困る事になるんだけど」

ぱちり、と瞬きをして周を見上げる真昼は羞恥こそ見えたがあくまで曇りのない瞳《ひとみ》で、これでは自分が疚《やま》しいだけなのではないかと微妙に胸が痛んだ。

ただ、この肌を伝うように指先がなぞり上げていく撫で方は非常によろしくない反応をしそうなので、流石に止めておきたい。真昼を怖がらせたい訳ではないのだ。

「真昼が触る分、俺も触るかもしれないぞ」

茶化《ちゃか》すように真昼の腰を軽く撫でてみると、真昼はか細く「ひゃっ」と悲鳴を上げてびくっと体を震わせる。元々くすぐったがりやな真昼はちょっと触るだけでびくびくしてしまうので、弱めに触れたのに、過敏に反応しているようだ。

あくまでさらっと触れただけに留めておいたのだが、嫌がるようならすぐに離して謝ろう、と思っていた。ただ、真昼は嫌がるというよりは恥ずかしそうに瞳を細めて、周の胸に額をくっつける。

「あ、周くんに触られるのは、好きですから、いいですけど……その、く、くすぐらないでくださいね？」

もたれるようにくっついたまま見上げてくる真昼は、自分の武器を何一つ理解していないだろう。

言葉も、表情も、眼差しも、体勢も、甘い匂《にお》いも、周の理性を盛大に削りにかかっていて、あと一押しされれば簡単に理性の牙城が崩れ去る。

一度唇を噛《か》んで痛みでギリギリ押し留めてから、真昼の顔を覗《のぞ》き込む。疑いも警戒も何も知らない瞳が、周を写していた。

「……触っていいの？」

「な、なんで駄目な理由があるのですか。触ってくださいとこの前言ったと思うのですけど。私が触った分、周くんには私に触れる権利があると思います。こ、恋人ならいいのでは……？」

「い、いや、その、俺が悪いとはいえ、今の状態ではまずいと思うんだけど……分かってるのか？」

一歩踏み込めば後戻りは出来ない、という事に気付いていない気がするので確かめるように問うと、真昼はカラメル色の瞳を大きく瞬かせた後、ぼっと瞬間湯沸かし器の如《ごと》く一気に顔を沸騰させた。

何かを言おうとして口をはくはくと動かした後、言葉は何も紡《つむ》がないまま、縮こまって俯く。逃げる様子はない。ただ、羞恥で満たされているかのように、髪の毛の隙間から覗く耳まで真っ赤になっていた。

「う、あ、あの……や、やっぱり、また、後日でお願いします……」

何とか絞り出したらしい、掠《かす》れて震えた声が懇願するように延期を求めてくるので、周も真昼から視線を逸らしながら頷《うなず》く。

「……それは俺もお願いする。……て、手を、出しかねないというか……ガバッといきそうで怖い」

男子高校生の理性なんて脆《もろ》いものなので、仮に今油断した姿を見せられたならそのまま寝室にお持ち帰りしかねない。

大切にすると決めているし、ゆっくりと、二人の時間や積み重ねを大事にしていきたい身としては、何段も飛び越えて本能のままに結び付くのはよくないと思っている。その結果失うものが多く辛いのは真昼なのだから、尚更《なおさら》。

周は周で耐えつつ絞り出した言葉に、真昼はびくっと体を震わせた。こちらを窺《うかが》ってくる彼女に、周は隠し切れない恥ずかしさを堪《こら》えながらそっと頭を撫でる。

「お願いだから、大切にしたいので気をつけてくれ」

小さな声で呟くと、真昼は「ぜ、善処します……」と若干芯《しん》のない声で恥ずかしげに返した。

第8話 餌をあげないでください

交際をし始めて一ヶ月。

未《いま》だに自らキスすらしていない周《あまね》は、真昼《まひる》とどう触れ合っていいのか分からなかった。

手を繋《つな》いだり抱き締めたりはしているものの、それ以降に進まない。

先日なんて上半身裸で抱き締めた癖《くせ》に何もしなかったので、樹《いつき》に聞かれれば笑われる事間違いなしである。勿論《もちろん》その判断は間違っていなかったとは思うが、男としてどうなんだと指摘されてもおかしくない事も理解していた。

関係を深めたいと言えば深めたいが、進むのが怖くもある。拒まれたり、傷付けて泣かせたりしたら、周は立ち直れない自信があった。それがへたれと言われる所以《ゆえん》なのも、自覚はしている。

ちらりと、隣に座る真昼を見る。

触ってもいい発言から数日が経《た》ったが、翌日こそそわそわして落ち着きがなかったが、周が何もしてこないと分かったのか普段通りの態度に戻っている。する側の方がぎこちない態度なのはどうかと自分でも思っているのだが、やはり緊張するのはどうしようもない。

「……どうかしましたか？」

視線に気付いたらしい真昼は、不思議そうにしている。周の葛藤に気付いた様子はない。

「い、いや、何というか……その、真昼にどう触っていいのか、分からなくて」

触りたいのに迂闊《うかつ》に触れない、とへたれとしか言いようのない事を小さく付け足すと、真昼は先日の事を改めて思い出したのか目を丸くして、視線を泳がせ始めた。

完全に意識していなかったらしく、その反応っぷりに周の方が笑ってしまう。

「その、真昼はどうしてほしい？」

「……それを私に聞くのですか」

「そ、そりゃあ、真昼はされる側だろう？　望まない事はしたくないし、出来うる限り真昼には優しくありたい」

自分の気持ちだけが突っ走って真昼に嫌な気持ちをさせるのは絶対に御免だし、周の良心や理性が咎《とが》める。ついでに両親にも知られたら咎められるだろう。

初めての交際で余裕がないからこそ、出来うる限り気を遣うべきだし、周としても泣かれたり嫌がられたら心にダメージを負うので、真昼の希望は叶《かな》えてあげたい。

そんな思いを込めてじっと真昼を見つめると、真昼はいたたまれなさそうに身じろぎをした後、周の肩にもたれかかってくる。

「べ、別に、周くんに好きにしてもらって、いいですけど。くすぐるのと、お腹《なか》つまむのはなしで」

「……つまむ所なくない？」

「確かに私はきっちり体形管理はしていますけど、贅肉《ぜいにく》があろうがなかろうが、女の子的には彼氏にお腹をつままれるのは嫌なものです」

「や、嫌がる事をするつもりはないけど……その、本当に、いいのか」

「いいと言ってますっ」

好きにしていいと言い切った真昼だが、やはり恋人とはいえ男に望むままに触れていいと委《ゆだ》ねる事にちょっと怖いところはあるのか、触れ合った肩から微細な震えを感じる。

受け入れるつもりはあるんだな、と嬉《うれ》しい半面、やはり強引な触れ方は以《もっ》ての外《ほか》だな気をつけなければとならないと思う。

彼女に触れたいのは山々だがどうしたものか、とたっぷり十秒ほど悩んだ結果、周はもたれていた真昼を手で支えるようにして離し、そのまま優しく体を包み込むように抱き締めた。

びくりと華奢《きゃしゃ》な体が腕の中で震えて縮こまったのは分かったので、その強張《こわば》った体をほぐすように優しい手付きで、宥《なだ》めるように背中をぽんぽんと叩《たた》く。

何も怖い事はするつもりはない、という気持ちを込めて丁寧な仕草で触れる周に、真昼は体を弛緩《しかん》させて体重を預けてくる。

「……心配しなくても、何もしないよ」

「こ、怖いとかじゃないです。……その、は、恥ずかしいの方が先というか、……期待した、というか」

「期待？」

「そ、の。……きす、とか」

もぞりと周の胸に頰《ほお》を寄せながら尻《しり》すぼみに呟《つぶや》く真昼に、今度は周が体を揺らす番だった。

「……あ、周くんが、私の事、すごく好きなのも、宝物のように大切にしてくれている事も、分かっているのですけど。……好きって、いっぱい、感じたい、です」

いじらしさを感じる程に可愛《かわい》らしい事を口にする真昼に、愛《いと》おしさがこみ上げてくる。

普段から可愛さを全方位に振りまいているというのに、恋人に特大級の愛らしさを無意識にぶつけてきた真昼のお陰で、周の頭は理性と一緒にぐらぐらと揺れていた。

気を付けなければ抱きすくめてそのままかぶりついてしまうところで、周は強く唇を嚙《か》んで衝動を抑えるしかない。

「急《せ》かすつもりはないですし、おねだりなんて、は、はしたない、とは、分かっているのですけど」

羞恥《しゅうち》やら申し訳なさやらが混じった表情で泣きそうに呟く真昼に、周は我慢しきれずに真昼の肩口に顔を埋めた。

「……嫌になるなあ」

小さな囁《ささや》きは真昼に届いたようで、不安げに震えるものの、意味を勘違いしてもらっては困ると涙目の真昼の瞳《ひとみ》を覗《のぞ》き込む。

「これだから真昼は。そんな事言われたら、止まれなくなるし帰したくなくなるんだけど」

そういう口《く》説《ど》き文句を言われる身にもなってほしい、とぼやきながら真昼の体をぎゅむぎゅむと抱き締める。

「真昼はもう少し自分を大切にしていいと思うんだけど」

「た、大切にはしていますけど、好きだから、周くんの好きにしてほしいって思うのです」

「やめてくれ際《きわ》どい発言。男の理性を揺さぶるんじゃありません」

「ゆさ……？」

「……俺《おれ》が真昼をどれだけ好きか分かってそういう事言うなら、真昼はとんだ小悪魔だよ」

絶対に手が出せないと分かっていて煽《あお》っているのではないかと思いもしたが、そういった事についてはうぶな真昼がそんな器用な事が出来る訳がない。つまり、真昼は素で何も知らずに周に誘惑を仕掛けている。そちらの方が恐ろしい。

周の耐えるような渋い顔にやや感づいたのか、頬をほんのりと色付かせつつも甘える眼差《まなざ》しで周を見上げる。

「……周くんを信じていますよ？」

「俺の信頼が人質に取られている気がする」

「そ、そういうつもりではないのですけど。周くんが葛藤しているのを見て、何だか……幸せな気持ちで。いえ、た、楽しいとかじゃないですよ？　周くんが私を大切にしてくれているんだなって、ちゃんと感じてほわほわするというか、愛されてるんだなって……」

喜びを滲《にじ》ませた囁きに思わず真昼を見つめると、淡いはにかみが返ってきた。

「私、昔小雪《こゆき》さんに色々と教えてもらいましたけど、周くんみたいな人はすごく珍しいって事、知ってますよ。相手の気持ちを聞いて、相手の気持ちを尊重してくれる人。周くんが私の事を尊重してくれて、大切にしてくれてるって、分かってます。だからこそ、この前も私に選択権をくれたって事も」

大切にしているからこそ真昼の気持ちにそぐわない事はしたくない――周の気持ちは、ちゃんと真昼に届いていたし、その上で真昼は周が自らを望んでくれる事を願っていたのだ。

言葉を失った周に、真昼はもう一度はにかんでみせて。

「そんな周くんが好きになってよかったなって、心の底から思います」

嬉しそうに、幸せそうに、愛おしげで満たされたような笑みを浮かべた真昼に、周はもう限界で――柔らかく緩《ゆる》んだ白い頰に、唇を押し当てた。

自分のものとは比べ物にならないほど滑らかで柔らかな頰を感じながら、精一杯の愛情を込めて優しく優しく淡い口付けを落とすと、白い頰が口づけの場所を起点とするように色付いていく。

「その、だな。……頬にキスをしましたがよろしいでしょうか」

勢いで頬にキスしてしまったが、ちゃんと事前に言ってからの方がよかったのでは……と今更ながらに後悔しつつ声をかけると、おかしそうに、幸せそうに、笑みが咲く。

「……そういうの、許可を取った後に聞くものでもない気がしますけど」

「仕方ないだろ……その、が、我慢が限界だったというか。勝手にして、ごめん」

「律儀な人ですね、ほんとに。周くんが私にする事で、私が嫌がる事なんて……まあくすぐられたり頬をつねられるのは困りますけど、本当に嫌な事なんてないですよ?」

そこまで言って、真昼は仕返すようにそっと周の頬に唇を寄せた後、固まった周の耳元まで唇を近付ける。

「その、恋人にキスされて、嫌がる訳ないですよ」

（ああもう……っ！）

これで無自覚だというのだから質が悪い、と内心で悶《もだ》えながら、周はもう一度柔らかな白磁の頬にキスをする。

ぐるりぐるりと内側で渦巻く欲求を無理矢理理性の檻《おり》に収めて、ただただ恋人のいじらしさを愛《め》でるように小柄な体を抱き締め直した。

「その、やばいと思ったら止めてくれ。現時点で割とやばい」

「やばい、ですか?」

「暴走しそう。余裕なんてない。情けないのは分かってるけどさ」

「……暴走したら、どうなりますか？」

「多分、真昼を泣かせるから」

　無理強いはしないし泣かせるつもりもないが、どうしても、抑えきれないものはある。抱き締めて柔らかな肢体を堪能してしまっているのは、抗《あらが》い難《がた》い衝動のせいだ。ここで耐え忍んでいる事自体が奇跡に近い。

　恐らく、真昼ならこのまま進んだとしても許してくれるだろう、と察していたが、真昼を大切にしていきたいからこそそれは許せない。

　代わりに、どうしようもない衝動を飼い慣らすために、少しだけ、枷《かせ》を緩めてしまった。

　何故《なぜ》だか先程よりも強く感じる甘い匂《にお》いを嗅《か》ぎながら、周はゆっくりと唇を首筋に押し付ける。

　血管が透けるほど白くほっそりとした首筋に唇が掠《かす》めただけで、真昼はか細い体を震わせた。

ただ、嫌がる素振りはなく、僅《わず》かにくすぐったそうに身をよじるだけ。

　ゆっくり、ゆっくりと、唇を滑らせて、根本の辺りまで来たところで、周は甘い匂いを鼻腔に満たして、そのまま軽く噛み付《つ》いた。

　勿論歯型を付ける程強いものではない。軽く触れさせた、それだけなのに「ひゃうっ」と上《うわ》擦《ず》った声が上がる。しかし、逃げようとはせず、周の服をきゅっと握って、周の好きにさせている。

あまりのいじらしさにまたも理性が吹き飛びそうになるが引き留めて、周は最後に制服で隠れるだろう位置に、軽く吸い付いた。

真っ白な肌に一つだけ色付いたそれを見て罪悪感と愛おしさ、興奮、そして微《かす》かな優越感と征服欲を感じてしまい、周は結局のところ自分は浅ましい男なのだろう、と痛感してしまう。

そっと顔を上げれば、真昼は顔を真っ赤《まか》に染めて涙目でこちらを見る。瞳には嫌悪感は一切なく、羞恥で満たされていた。

「そこは本当にごめん。その、俺が悪かった」

やりすぎた、とすぐに分かったので頭を下げようとすると、真昼はきゅっと結んだ口を開いて。

そのまま、Tシャツの襟《えり》から覗いていた、肩口に近い首の根本に嚙み付いた。

かぷっ、なんて可愛らしい擬音がつきそうな嚙み付き方をした真昼は、そのままはむはむと頑張って唇で吸いつこうとして失敗している。むしろ食べようとしている、に近い口の動きかもしれない。

しばらくして唇を離した真昼は、痕《あと》がつくどころか全く変わっていない周の肌に解せない顔をしていたが、周の視線に気付いたのかどこか拗《す》ねたような、甘えたような、信頼に満ちた眼《まな》差《ざ》しを向けてくる。

「……一回は、一回ですもん」

文句があるのですか、と言わんばかりの声音《こわね》に、痕など全然出来ていないところも含めて可愛すぎて死にそうだった。

もう抱きすくめてそのままお持ち帰りしたい気分でいっぱいになりつつも何とか堪《こら》えて、周は「このばか」と呻《うめ》きながら新たに吸い付かないように注意して真昼の首筋に顔を埋めた。

第9話 夏休みの始まり

「ひゃっはー！　オレ達の夏休みがやってきたぜえええええ！」

「何でそんな荒ぶってるんだよ」

七月も後半、終業式と連絡事項を告げるホームルームを終え自由の身となった生徒達は和気あいあいと夏の予定を話していた。

樹《いつき》はホームルームが終わった瞬間ハイテンションで、見ている周《あまね》としては暑苦しくて仕方ない。

「何でって当たり前だろ、地獄の授業が終わりを告げて天国……楽園がやって来たんだぞ……！」

「お前が勉強好きでないだけで俺《おれ》は別に嫌いではないし」

「インテリはおだまり。周だって椎名《しいな》さんといちゃつける時間が増えるんだぞ」

「いちゃつくって……あのなあ。四六時中いちゃついてる訳じゃねえぞ」

むしろ話さないでそれぞれ好きに過ごしてる時間の方が多いくらいだ。

一緒の空間で過ごす時間の内、互いに勉強したりそれぞれ家事をしたりが多く、いちゃついてばかりいる訳ではない。

真昼《まひる》は勉強は当然だが健康と美容のために運動したり体の手入れをしたりもしている。周も合わせて走ったりトレーニングしたりしているので、常にべたべたしていると思ったら大間違いである。

「……ぶっちゃけお前らの意識的にいちゃつくのハードルが高いだけで無意識にいちゃついてるんだよなぁ」

「どこが」

「たまに目を合わせて笑ったり腕に寄りかかったり手を握ったりしてそう」

否定出来なかった。

真昼とは抱き締め合う事はあまりないが、そういったささやかなスキンシップは日常的に行われている。

いちゃつくのラインが難しいので周はそれをいちゃつくに入れていなかったが、一般的にはそれがいちゃつくということらしい。

「ほれ見ろ。見てるだけで熱くなるくらいにお前らいちゃついてるんだよ。なあ優太《ゆうた》」

「あはは、そうだね。なんというか見てるこっちが恥ずかしくなるし」

「門脇《かどわき》まで」

「まあ、そのお陰で割り込んでくる人とか少ないから悪いとは言わないけどね」

確かに、想定していた嫌がらせやいちゃもん、それから真昼を奪おうとする動きをする男子は少なくとも同学年にはあまり居ない。

真昼が周を好きなのを隠そうともしていない態度というのが大きいだろう。周以外に目もくれないので、諦《あきら》めたようである。

それでも文句を言われたり嫌がらせは覚悟していたのだが、むしろクラスメイトに至っては何故《なぜ》か見守る雰囲気が出来上がっている。正直解せなかった。

「ぶっちゃけなにもされないのは椎名さんの圧力もあるけどな」

「圧力?」

「圧力ってか牽制《けんせい》? いや体育祭の時のあの様子見せられたら、そりゃ何も出来ねえよ。椎名さん、周が何かされたら確実にキレそうだからな」

「キレるって……想像つかない」

「オレもつかないけど、でも絶対怒るだろ。椎名さんは文武両道で容姿端麗なのは勿論《もちろん》教師達の信頼も厚いから、敵に回すと怖いってのはあるぞ」

ああいういつも優しい人間は怒らせると怖いのが定番だ、と付け足した樹に、周もそこはひっそりと同意する。

(多分、怒らせちゃいけないタイプなんだよなあ)

口にもしているが、怒っているところはあまり想像がつかない。

しかし、怒らせるとまずいのは分かる。

いつも穏やかな笑みを浮かべていてちょっとやそっとの事では怒らない分、沸点を超えると笑顔で相手を正論で叩《たた》きのめしていきそうな気がする。体育祭の時の事を考えればあり得なくはない。

怒らせる予定はないし周が何かすれば怒るより先に悲しみそうなので、なるべく真昼には心穏やかに居てもらおうと決意した。

「……私を怒らせる予定があるのですか？」

内心で誓っていると、千歳《ちとせ》と一緒に真昼がこちらに歩み寄ってくるところだった。

「椎名さん。いやオレじゃなくて、もし周が何かされたら怒るだろって話」

「それは当然ですけど……キレたりはしませんよ。ちゃんと正面から分かっていただけるまでじっくりとお話し合いをします」

にっこりとした笑みに若干樹が体を震わせている。

恐らく、宣言通り真昼は言葉を尽くして相手に理解してもらうだろう。笑顔に正論を武器にして相手を追い詰めて承諾してもらいそうな辺り、やはり敵に回したくはない。

「周、まひるん怒らせちゃ駄目だよ？」

「怒らせるような事する訳ないだろ。むしろ何したら怒らせるんだよ」

「……浮気《うわき》とか？」

「すると思ってんのか」

「まずないと思ってるよ？　周の性格的にあり得ないでしょ。周は一度懐《ふところ》に入れたらとことん大切にするタイプだろうし」

「……そりゃどうも」

「まあ、大切にしすぎてへたれてるんだけどさ。頬《ほお》にキスで留《とど》まるのはへたれだと思うけどね」

「真昼」

「ち、違います、不満がある訳では……その、痕《あと》の事を聞かれたから」

「よし忘れよう」

痕の事を聞かれて事の顚末《てんまつ》を話したというならもうそれは周としては触れない方がいい。

「あ、それってキ」

「樹」

「へいへい。我が親友殿は照れ屋さんですなあ。あれくらいオレらも普通にするのに」

なぁちぃ、と呼び掛けて千歳といちゃいちゃしだす樹に、周は内心で「二人みたいに大人の階段上ってねえんだよ」とこぼす。

交際して二年は経《た》っている二人は当然周達がまだ至っていないところまで至っているし、それなりに樹から話も聞いているので、別に驚きではないが何となく気恥ずかしさは感じてしまうのだ。

真昼も千歳から聞いているのかぽふっと顔を赤らめているので、想像した事はお互い同じなのだろう。

（……当分先だろうけどな）

唇にキスするのすらまだなのだから、体の結び付きなんて夢のまた夢だろう。今すぐしたいという欲求もないので、ゆっくり互いのペースで歩み寄っていくしかない。

真昼と視線が合うと余計に顔を赤くして俯《うつむ》くので、周も無性に恥ずかしくなって真昼から目を逸らした。

「真昼、うちの実家に行くのいつ頃からがいい？」

終業式の後一時帰宅をしてから周の家にやってきた真昼に、周は問いかける。

本来ならもう少し早めに決めておくべきだったのだが、真昼と交際し始めて浮かれていたり諸々忙しかったりで相談していなかった。志保子《しほこ》からはいつでもいいと言われているので、真昼の予定さえ空けられたら例年通り八月のお盆に合わせた帰省になるだろう。

周の質問に真昼がぱちりと瞬きを繰り返している。

「……あ、やっぱうちの実家にくるの嫌とか」

「ち、違います。ご実家にお邪魔する事を今思い出して……。その、私はいつでも」

「そっか。滞在期間どうするかだよなあ。去年は二週間くらい帰ってた、盆挟んで二週間くらい」

慌てたように手を振って嫌ではないアピールする真昼に苦笑して、それならどのくらい地元に居るかと悩む。

今のところお盆の辺りは樹や優太達の誘いがある訳ではないし、一般的にはお盆は家族と過ごす事が多いのでその辺りになるだろう。登校日もないので、行くならその辺りだ。

去年は自分で最低限の家事をするのも面倒で二週間以上居たのだが、今年は真昼も居るし予定を合わせなくてはならない。ゆっくりするなら一週間から二週間程度だろうか。

「私は特に予定は入れていませんので。千歳さんとも遊ぶ日程まだ決めてませんから、その、連れていってもらう期間は周くんが決めてくれると」

「じゃあ二週間くらいでいいかな。結構居る事になるけどいいか？」

「はい」

特に予定を入れていた訳ではないらしいので、周の提案した日数に落ち着く。

真昼は女性なので服もたくさん必要そうなので先に荷物を送っておくように提案しておき、周は志保子にメッセージを送っておいた。

仕事中であろうしすぐに返ってくる事はないだろうが、おそらく嬉々《きき》として承諾して滞在を長引かせようとするだろう。可愛《かわい》いもの好きの母親は、真昼の性格のお陰もあり非常に真昼を気に入っている。

「しかしまあ、母さんすごく喜びそうだな」

「ふふ、そうですね」

「……覚悟してろよ」

「え？」

「母さんは真昼を構いたがるから」

まず間違いなく構い倒される。

娘を欲しがっていた母親の事だ、これ幸いと娘が出来たように振る舞うだろうし可愛がるだろう。

「ありがたい限りですけど……」

「そうならいいんだけどな。……つーか」

「はい？」

「……付き合い始めた事、言うべきなのかな」

ためらいがちに呟《つぶや》くと、真昼も固まる。

一応まだ志保子には報告していないらしいのだが、一緒に実家に行く際態度で気付かれてからかわれるかもしれない。それよりは事前に言って被害を少なくした方がいいのか、という葛藤だ。

ただ、被害が少なくなるかもしれないだけで、逆に被害が拡大するかもしれないのが志保子の怖いところである。

「……ど、どうしましょう。改めて報告するのも恥ずかしいですね」

「だよな。絶対根掘り葉掘り聞いてくるぞ」

「でも、大切な息子さんである周くんをいただいてしまうので、ご挨拶《あいさつ》するべきなのかと」

「俺が真昼をいただくんだけど……」

ほぼほぼ確定事項だろう、と思って言ったのだが、真昼は聞いた瞬間に顔を真っ赤《まっか》にしてクッションを抱き締めている。

「……そういう事さらっと言えるのは周くんのいいところですけど、さらっと言えちゃうのが悪いところです」

「どっちだよ」

「私だけに言うならいいところです」

「俺が真昼以外に言うと思ってるのか……」

真昼以外に目もくれないと分かりきっているだろうに、真昼は何を心配しているのだろうか。

「……そういうところも、ですけど、いいです。これは周くんのよいところであり、修斗《しゅうと》さんの教育の賜物《たまもの》なのではないかと思います」

「なんで父さん」

いきなり修斗の名前が出て困惑するしかないのだが、真昼がクッションを抱えながら寄りかかるのでとりあえず頭を撫《な》でておく。

　ご機嫌取りというより純粋に可愛かったので愛《め》でるように撫でると、真昼は恥ずかしそうに瞳《ひとみ》を伏せつつもされるがまま。心なしか心地良さそうにしているので、悪くはないのだろう。

「……多分、周くんは将来修斗さんに似ますよ」

「そうか？　俺、あんな風に童顔じゃないんだけど」

「そうじゃなくて、中身が」

「あそこまで穏やかで落ち着いていられる自信ないけど」

「……そうじゃないです」

　ばか、と周の耳にギリギリ届くような声で呟いた真昼が二の腕にもたれかかってくるので、わざと体を後ろにずらせば体勢が崩れてぽてんと膝《ひざ》の上に体が落ちてくる。

　ぱちりとカラメル色が幾度か瞼《まぶた》に隠されてまた現れてを繰り返すのを眺めて、周は笑って頰を掌《てのひら》でなぞる。

「俺はあんな風に紳士的では居られないけど、俺なりに真昼を甘やかせたらと思うよ」

「……そういうところって言ってるんです」

「父さんの甘やかしは俺以上だぞ」

「……私には、溺《おぼ》れそうなくらいです」

　膝に頭を乗せたまま、頰に添えた周の手を包み込むように自分の手を重ねた真昼は、穏やかな表情で瞳を閉じる。

すり、と自ら頬に触れるように寄せた真昼は口許に笑みをたたえていた。

「……もっと溺れさせてくれますか?」

「望むならいくらでも。……まあ、来週のプールは溺れてもらっても困るんだけど」

「……ばか」

今度ははっきりと聞こえる拗ねた声での可愛らしい罵倒に、周は声に出して笑って真昼の頬をまた撫でた。

第10話　どちらかといえばキュートなの

プール当日、微妙な緊張を抱えながら周《あまね》は更衣室で着替えていた。

真昼《まひる》と郊外にあるレジャー施設を訪れており、着替えのために別れたのだが……入る前から男達からの視線を浴びていたので、水着姿に男達が魅了されてしまう事は想像に難《かた》くない。

こんな時に千歳《ちとせ》が居たらうまい事カバーするだろうが、今日は二人きりで来ている。二人で行きたいです、と上目遣《うわめづか》いに言われたら断れる訳がない。

俺《おれ》が何とか他の男の魔の手から守らなければ、と決意しつつ、水着に着替えラッシュガードを羽織《はお》り、更衣室を出る。

約束の待ち合わせ場所について真昼がくるのを待つのだが、やはり遅い。

これは不満というよりはああやっぱり、といったものだ。

女性の着替えは男より時間がかかるだろうし、更衣室の混み具合も違うだろう。

女の子も大変だなあ、としみじみ感じながら目印である照明の太い支柱にかるく体を預ける。

今日は夏休みとはいえ平日で人が少ない方ではあるが、人で溢《あふ》れているのは変わらない。

水着姿の老若男女が通りすぎて行くのをぼんやりと眺めていたら、人の隙間《すきま》から見慣れた亜麻色の髪を見付ける。

「周くん」

予想通り自分の愛《いと》しの彼女がこちらに向かってきていた。

ただ、真昼を連れてきたのは間違いだったかもしれない、と思ってしまったのは、こちらに向かってくる真昼を追いかけるように数多《あまた》の視線が移動してくるからだ。

普段はあまり意識した事はないが、真昼は極上といってもいいほどの美貌だ。雑誌に載っているモデルと遜色がない、それどころか真昼の方が整っているまである。

そんな真昼が水着姿なのだ、人目を惹《ひ》かない訳がない。

「お待たせしました。更衣室が混んでて」

「お、おう」

水辺なので走らないように早足で来た真昼が淡い笑顔を浮かべて周の目の前に立つ。

正面から見た真昼の水着姿は、非常に目のやりどころに困るものだった。

日焼けすると赤くなって痛むタイプらしい真昼は人一倍日焼けに気を使っているので、水着だけの姿だとその白さが顕著だ。日光に照らされた肌は染《し》み一つない乳白色で、眩《まぶ》しさすら覚える。

その日焼けを知らない皮膚で構成された肉体は、見事の一言に尽きた。

元々華奢《きゃしゃ》なのは知っていたが、本当に細い。不要な脂肪がないように絞りつつも、貧相には見えない程度に女性らしい柔らかさを残している。ただ細ければいいものではない、というのを肉体で語っていた。出るところはきっちり出た体形で、フリルで縁取りされた白地のビキニで隠された胸部は勾配がきつく、ふっくらと柔らかなラインを描いていた。

着痩《きや》せするとは思っていたが、まさかここまであるとは思っていなかった。それでいて小柄な体格に見合わない不自然な大きさという訳ではなく、ほどよく手に収まるバランスの良い理想的な大きさだ。

あの慎ましい真昼がビキニを選んだ事は衝撃を受けたが、いやらしさがあるかといえば否《いな》だ。大きめのフリルに縁取りされているお陰で胸の谷間がほどよく隠されているし真昼の顔立ちもあり、品と清楚《せいそ》さすら感じさせた。

真昼の水着姿に、視線が泳ぐ。

漫画雑誌に載るグラビア程度しか見ない周には、彼女の水着姿というのは目に眩しすぎた。

「……どうですか？」

触れられる距離まで近寄ってきた真昼が、やや恥じらうように胸元《むなもと》に手を添えて問いかける。

身長差的に、フリルに隠れがちな果実が寄り合って作られる陰影が見えてしまい、生唾《なまつば》を飲み込んでしまった。

「周くん？」

反応がない周を不審がるように真昼がそっと腕に触れてきたので、ようやく硬直がとける。

「……に、似合いませんか?」

似合わない訳がない。むしろ似合いすぎていて、色々と視線の流し方に困る。

「そんな事はないよ。二人きりならよかったなって思うくらいには、似合ってるし可愛《かわい》いよ」

「あ、ありがとうございます」

女性の服装は褒めるべきであるし、可愛い彼女が一生懸命自分のために水着を選んでくれたのに感想の一つや二つ差し出せないで何が男だ、という事で感想を口にすると、真昼が安堵《あんど》したように息を吐いている。

ただ、本人もやはりいつにもなく露出した姿が恥ずかしいのか、頬《ほお》は火照《ほて》っているのが丸分かりだ。

恥ずかしいならもう少し布面積の広い水着、いっそワンピースタイプのものでもよかったのでは、と思うものの、おそらく千歳に何か吹き込まれた結果であろうから真昼にもどうしようもなかったのかもしれない。

(それにしても)

ちらりと周囲を見れば、真昼の水着姿を凝視している男のなんと多い事か。

女性連れの男まで惚《ほう》けたように真昼を見ていて、彼女と思わしき女性にはたかれている男も居る。

それだけ真昼が水辺の天使様になっているという証左であるが、彼氏としては面白《おもしろ》くない。

というか彼女の水着姿をじろじろ見られて不愉快だ。

「勿論《もちろん》、似合ってるけどさ」

「けど？」

「……だめだな」

自らが着ていたパーカー型のラッシュガードを脱いで真昼の肩にかける。

元々華奢な上小柄な真昼なら周のラッシュガードで腿《もも》のあたりまで隠れるので、視線避けには充分だろう。

勿論脚線美には視線を持っていかれるかもしれないが、脚までは隠せないのでやむを得ないだろう。

「着とけ」

「でも……周くんは」

「……あんまり他の男に見せたくない、って言ったら？」

これは本心だ。

出るところは出て引っ込むところは引っ込んだ、理想的な女性の体形を保持する真昼が視線を集めるなんて分かりきっているが、嫌なものは嫌だ。出来る事なら、独り占めしたい。

耳許で囁《ささや》けば、真昼の頬が夏の日差しのせいとは言い難《がた》いほど赤らみ、小さく「……は、はい……」と返事する。

いそいそと前のファスナーまで合わせれば周囲から残念そうな吐息が漏《も》れている。人の彼女によこしまな目を向けてくる男達からの視線を防げてほっとしつつ、やはりだぼだぼで袖《そで》をめくってやっと出てきた真昼の小さな掌《てのひら》を握る。

「ほら、行くぞ」

「はい」

微《かす》かに頷《うなず》いた真昼が掌を握り返したので、彼女を伴ってゆっくりと歩く。

どちらにせよ水辺なので転ばないように手を取って歩くつもりではあったが、今回は牽制《けんせい》の意味合いも大きい。

真昼の隣をなるべく堂々と歩きながら浅いプールを目指していると、隣の真昼が「……周くん」と囁きながらこちらを見上げる。

「ん?」

「……二人きりなら、水着姿、たくさん見たのですか?」

「二人きりならたくさん見たかもしれないし触ったかもしれないなー」

まあ流石《さすが》にじろじろ見たり体に触ったりするのは危ないのでほどほどにだろうが、茶化《ちゃか》すようにわざと大袈裟《おおげさ》に言ってみれば、真昼がなにやら思案顔。

たっぷり十秒ほど悩んだらしい真昼が、手を繋《つな》いだまま更に距離を詰める。

距離を詰める、というよりは、腕に密着する、が正しいだろう。ラッシュガード越しに伝わってくるふくよかな柔らかい感触に、今度はこちらの頬が赤くなる番だった。

「真昼、当たってるんだけど」

「……こういう時、当ててるのよと言うのが正解なのでしょうか」

「真昼の中の天使が仕事しない」

「女の子は好きな人の前では天使にも小悪魔にもなります」

どうやら今日の真昼は小悪魔のようである。

その割に本人もめちゃくちゃ恥ずかしそうに震えているし顔も真っ赤《まっか》なのだが、離れる気だけはないようでわざと周の腕に胸を当てていた。

丁度肘の部分が当たっているので、不用意に右手を動かせない。曲げれば真昼の胸に肘を埋めてしまう。

「……くっつくのは別にいいけど、堪能するぞ」

「そ、それを改めて言われると恥ずかしいですけど……はい」

「……ばかやろう」

まさか正面から受け入れられるなんて思わず呻いた周は、言葉とは裏腹に腕に当たった柔らかな感触を意識しないように必死に脳内で昔無駄に覚えさせられた円周率の羅列を思い出し続ける羽目になった。

どうしても視線を寄せてしまう真昼を伴って比較的浅いプールまでやって来た周は、手にしていた小さな防水鞄《かばん》を揺らしつつ隣の真昼を見る。

「で、どうする？」

「どうする、とは？」

「いや、真面目《まじめ》に泳ぎ方教えるにはレジャー施設は向いてないし。それに、いきなり泳げと言われても困らないか？」

「それはそうですけど」

周は割と泳げる方なので泳ぎ方を教えられはするが、スイミングスクールのようなレーンがある場所ではないので教えている最中に確実に人にぶつかる。

そもそもレジャー施設のプールは、本当に泳ぐというよりは水と戯れる意味合いが強いし、本当に泳ぎたい人間はこういった人が沢山居る施設ではなくスクールに行っているだろう。

「泳ぎ方覚えたいならそれでもいいけど、俺としては……その、折角なら、真昼と一緒に遊びたいと思うんだが」

「そ、それはその、私もです。周くんと一緒に居られたら、それで」

ぎゅう、と身を寄せて上目遣いの真昼に小悪魔の破壊力を思い知らされつつ、可愛い恋人の頭を撫《な》でて自分の落ち着きを取り戻しておく。

「じゃあ、一緒にゆるゆる遊ぶか。その、真面目に泳ぐんだったらそのラッシュガード脱がないといけないしさ」

今は周のラッシュガードに華奢《きゃしゃ》でありながら豊艶な肢体が隠されているが、泳ぐとなれば邪魔になるので脱がなくてはならないだろう。

そうしたら周囲の男性が真昼を見るだろうし、周は周で目を逸らしかねない。

彼女の水着姿を堪能するのは彼氏の権利ではあるのだが、長時間直視すると色々と死にそうになるのでそれもままならないのだ。

周の目線からだと胸の辺りが非常に防御力が低くて攻撃力が高いので、特に見ていられない。

「……ずっと隠しておくつもりですか？」

「いやまあ、真昼を見せるのもったいないというか……」

「……周くんは見たくないのですか？」

「いや、見たいけど見ていたら死ぬ自信がある」

「なんで死ぬんですか……」

呆《あき》れたような真昼だが、恐らく真昼がこの感覚を理解する事はないだろう。

勿論、周も男なので見たいという欲求はあるが、しゃがみこむ羽目になる訳にもいかない。

そんな羽目になれば社会的に死ぬし精神的にも死ぬ。

「……真昼だって、俺の半裸見て死にかけてるだろ」

「そ、それはその」

「つーか、他の男の半裸でも駄目そうなのに今日はちゃんと見てるんだな」

てっきり真昼の純情具合だと他の男であろうが水着姿を見れば照れそうなものだが、今日の真昼は周の言動には照れていても格好に照れている様子はない。

指摘に、真昼はもじもじと肩を縮めている。

「そ、の。周くんにしか興味ないですし……見てません」

「……ああ」

「ほ、ほんとは、周くんの水着見て、今日もすごくどきどきしてますよ？　前と比べて、すごく……かっちりして、引き締まってる、ので。い、色っぽい、というか」

そう言ってちらりと周の上半身を見る真昼は、若干視線が泳いでいる。

昔、というのは初めて真昼が周の体を見た風邪の看病の時だろうか。確かにあの時に比べたら生活習慣から自分の意識まで、何から何まで違う。肉体改造なんてあの頃《ころ》は頭になかったし、もやしと思われても仕方ない体形だった。

（……一応、成果は出ているのだろうか）

本気でジム通いして肉体改造をしている人からすれば笑ってしまうようなものかもしれないが、男子高校生にしてはそれなりにしっかりした体付きになってきた、とは思いたい。

「その、周くんも、人目を引いてますからね？　細すぎず、引き締まりつつもしなやかな感じがとてもよいです」

「それはどうも。……真昼に褒められるのはくすぐったいしなんか微笑《ほほえ》ましいけど」

「な、何でですか」

「いや、あのうぶの極《きわ》みだった真昼がちゃんと見て……好きな人の事は、ちゃんと見ます」

「ば、馬鹿《ばか》にしてませんか。私だって、その、……好きな人の事は、ちゃんと見ます」

そう言って周の体に視線を寄越《よこ》してくるものの、すぐに視線が泳ぎ始める辺り真昼らしい。

ひっそりと笑った事が分かったらしく、真昼は頬を更に色付かせて眦《まなじり》を吊《つ》り上《あ》げる。

「あ、周くんだって人の事言えないじゃないですか！　どきどきしてます！」

やけくそのようにぺたりと周の平たい胸に手を当てて鼓動を感じている真昼に、別に隠している訳でもないし素直に頷く。

初めて見る彼女の水着姿にどきどきしない男が居たらそれはもう男ではないと思うので、これが正常な反応だ。むしろ自分の半身を律しているだけ褒めてほしいくらいだ。

「……好きな子の水着姿にどきどきしないなんてありえないだろ」

「そ、それはそうですけど、だったら私がどきどきしてもいいでしょうっ」

「うん。どきどきしてくれて嬉《うれ》しいよ」

それだけ恋人に意識している、という事の証左なので、周としてはこそばゆくも嬉しい。あまり意識されすぎると真昼は茹《ゆ》だって行動不能になりかねないので、ほどほどにしてほしいが。

平然と肯定した周に真昼は何かを言いたげに唇をもごもごと動かした後、諦《あきら》めたようにきゅっと結んでそのまま周の腕にくっついてくる。口では敵《かな》わないと分かったらしく力押しで周を負かそうとしてくるので、周も唇を結んで、しかし真昼の望む動揺を今度は見せないようにして好きにさせる。

「不意打ちじゃないから効きませんー」

「……と言いつつ心臓はさっきよりどきどきしているような」

「うるさい」

鼓動でバレたらしくそっぽを向いた周に、真昼は楽しそうな笑い声を上げて周の二の腕に頬を寄せた。

第11話 水辺のナンパはつきもの

結局動揺しまくっていた周《あまね》が色々と自分を落ち着かせてから、真昼《まひる》を伴ってプールに足を踏み入れる。

体格的には既に成人していると言ってもいい周には腰の辺りのものなのだが、真昼にとってはみぞおちの辺りまであるので浅いとは言い切れず、微妙に不安そうな顔で周を見上げている。

「……真昼、溺《おぼ》れないから大丈夫だ」

「周くん、溺れる時は水深三十センチでも溺死《できし》するのです」

「あのなあ。……溺れさせないし、もし溺れたら人工呼吸でもしてやりますよ」

勇気づけるために茶化《ちゃか》すように言ったのだが、真昼は周の腕にくっつきつつ見上げてくる。瞳《ひとみ》には、微妙に拗《す》ねたような、それでいて期待するような色が滲《にじ》んでいた。

「……溺れないとしてくれないのですか」

ほんのりと不満げな響きの呟《つぶや》きに思わず真昼を凝視する。

小さく唇に築かれた山は、不服と……ねだるようなものに見えてしまったのは、気のせいだろうか。

リップを塗らずとも艶を失わない薄紅の唇に思わずごくりと喉《のど》を鳴らしつつ、それでもここで理性をぽい捨てして甘い唇に嚙《か》みつく訳にも行かず視線を横にずらす。

「……も、もう少し待っていただきたいというか……その、ここでは無理だ」

「わ、私もここでしてほしいなんて言ってません。でも、その……周くん、したくないのかなって」

「し、したくないなんてある訳ないだろ⁉　いつだってしたい！」

好きな女の子にキスしたくない男なんて居ないだろう。比較的そういった欲求は薄い周ですら、真昼に沢山触りたいしキスも好きなだけしたいと思っている。

もちろん、段階を踏むべきではあるしいつも欲望を押し付けてたら引かれる自信があるので我慢しているが、したくないなんてのはあり得ない。

強く言い切って否定した周に、真昼は顔をこれでもかと赤くして、周の二の腕に額を押し付けて顔を隠す。

耳まで真っ赤《まか》になっている事で、自分が何を言ったのか自覚して周も顔が赤くなる。

「……ち、ちが、」

「……違うのですか」

「違わなくもないけど、その、……したら、俺《おれ》が大変になるのでもう少し待ってください」

樹《いつき》には奥手のへたれと罵《ののし》られている周だが、今だけはそれも否定出来ない。

真昼からすれば周は焦《じ》れったすぎるのかもしれない。大切にしすぎて遅々とした歩みだから、真昼がずっと待っているのだろう。

（……真昼は、もっと進んでほしいのだろうか）

もっと、恋人らしい事をしたいのだろうか。

確かめるように真昼を見下ろすと、真っ赤な顔を半分ほど隠した状態で上目遣《うわめづか》いされる。

「……周くんの好きにしてください。でも、あんまり我慢させるの、よくないって千歳《ちとせ》さんも言ってましたし……ほどほどに……」

「千歳えええええ」

「だ、だって、千歳さんは男女交際の先輩ですので……」

「絶対余計な事吹き込まれてるよなそれ!?　い、いいか真昼、俺達は俺達なりのペースで進めばいいんだから。無理に早くしようとは思わないし、その、……真昼も、急《せ》きすぎてもあっぷあっぷになるだろうし」

恐らく、先に進みたいと思ってるのかもしれないが、あんまりに急ぎすぎると途中で真昼がいっぱいいっぱいになってゆだるので、ゆっくりペースでいいと思っている。

周としても、理性が飛んだら何をしでかすかわからないのでゆっくり進みたい。

真剣な瞳で訴えれば、真昼が瞳を恥ずかしそうに伏せて、二の腕におでこをもう一度ぶつけた。

「は、はい。その……お、泳ぎましょう、か」

「そ、そうだな……」

「……私、こういうところ初めてくるので、周くんが全部教えて下さい」

今まで誰《だれ》かとでかける事なんて滅多《めった》になかったので、という呟きに、真昼の手を取って浅いプールの中を歩く。

家庭環境的にレジャー施設に連れていってもらう事なんてなかったのだろう、と察して物悲しくなったが、それも今後ゆっくりと体験していけばいい。

「じゃあ、この夏休みで真昼の初めてを全部埋めていこうか」

「……そ、そういう言い方されると恥ずかしいですけど……はい」

顔を赤く染《そ》めつつも嬉《うれ》しそうな笑みを浮かべた真昼に周も笑って、もう少し人の少なそうな場所まで彼女の手を引いて歩いた。

溺れる事を不安がっていた真昼だったが、周と一緒だからか水遊び程度なら気にしないでいられるようだった。

浮き輪をレンタルして真昼に渡すと、真昼は微妙に拗ねた表情で「子供扱いされてる気がします……」とぼやいていたが、それでも安全を取ったのか素直に浮き輪に体を預けている。

体から力を抜いて水にぷかりと浮かぶ真昼は、リラックスした表情で周を見上げていた。

一応周は真昼の様子を見るために側で待機しているのだが、この調子なら遊ぶ事には問題ないだろう。

「気持ちいいですね」

周の横を浮き輪でふよふよとたゆたいながら微笑《ほほえ》んだ真昼に、周も縁にもたれつつ「そうだな」と頷《うなず》く。

周は泳ぐのは好きだが水辺ではしゃぐ行為は別にそこまで好きではない。ただ、真昼とこうしてゆったりとした時間を過ごせるのは悪くなかった。これが千歳や樹と一緒なら、やれビーチボールだウォータースライダーだと言い出すだろう。

それもそれで悪くないが、こうして穏やかな時間を過ごすのが好きだった。

「それなら溺れないだろうし、思う存分水を楽しむといいぞ」

「……非常に恥ずかしいのですけど。この歳《とし》で浮き輪ですよ」

「普通に大人の女性でも使ってるから。ほら、あそことか浮き輪に座ってるし」

周が指を差したのは、水着姿の女性が浮き輪の穴に腰を落として浮かんでいるところだ。大人はそのまま浮き輪を水泳の補助具として使うよりは、ああして寛《くつろ》ぐために使っている人の方が多いだろう。

浮き輪に体を通した真昼は周の示す方向を見て、いそいそと一度陸に上がって浮き輪に腰を落とす。

ぷかりと浮き輪に体ごと支えてもらった真昼は、ぱちりと瞬いてご満悦そうな笑みを浮かべた。どうやら気に入ったらしい。

周のラッシュガードの裾《すそ》から伸びる乳白色の素足が、ぱしゃりと水を持ち上げるように蹴《け》る。ほっそりとしつつもほどよく柔らかさを帯びたおみ足で、つい脚線美に見とれてしまえば真昼に水をかけられる。

顎《あご》の辺りにかかって真昼を見れば、くすくすと真昼が楽しそうに屈託《くったく》のない笑顔を浮かべている。

視線の先が分かっていたからなのか、ただかけたかったからなのかは分からないが……とりあえず軽くやり返すように真昼に軽く水をかけてやると、より笑みが深まった。

「やりましたね。えいっ」

もしかしたら、構ってほしかったのかもしれない。

周に水をかけて攻撃してくる真昼に、周も小さく笑ってやり返す。

といっても、真昼は浮き輪に乗って身動きが取れないので困らない程度にかけてやるくらいだが。

ぱしゃり、と掌《てのひら》で軽く真昼のお腹《なか》辺りにかけてやると、真昼がまたやり返す。こちらもかなり手加減しているのか、かかるのは大体胸の辺りだ。

水に浸《つ》かって慣れてはきたがやはりひんやりとした感覚に目を細め、また真昼にかけ返す。

あまりやり過ぎると真昼がひっくり返りそうなのでかなり手を緩《ゆる》めていたが、真昼はご機嫌にぱしゃぱしゃと脚で水面を撫《な》でるように蹴っている。

そんな事をしていたら、真昼がバランスを崩した。

「真昼さあ」

浮き輪ごと転倒させるのはまずいので真昼を支えて寄りかからせると、真昼がぎゅっと周にしがみついてくる。

さすがに水に落ちかけたのは怖かったらしい。

「あんまり暴《あば》れると落ちるのは見えてただろ」

「う……すみません」

「俺が居たからいいけどさあ」

「……周くんと一緒じゃなきゃ、あんなにはしゃがないです」

小さく囁《ささや》かれた言葉に、周はつい真昼を見つめた。

真昼は、周の背中に手を回して胸に顔を埋めたまま続ける。

「……周くんと一緒だから、見えるもの全部キラキラしてますし、周くんと一緒だから楽しいんです。……それに、周くんなら、助けてくれるって思ったから」

「……そういう可愛《かわい》い事を言われると、こっちも、その、困るというか」

とことん周を好きだというのが伝わってくる囁きに、周の顔が自然と赤くなる。

どうしてこうもいちいち可愛《かわい》いのかと唸《うな》りたくなった。

（……ほんとに好きなんだよなあ）

もちろん分かりきっていた事ではあるのだが、ここまで好意を向けてもらっていると感じるだけで胸が熱くなるし、愛《いと》おしさが溢《あふ》れてくる。

これが家なら頭を撫で回してずっと離さなかったのだが、流石《さすが》に公共の場なのでやり過ぎもよくない。

なので、一度抱き締め「……帰ってから可愛がる」と囁いて離せば、真昼は水に浸かっているのに茹《ゆ》でたタコのように顔を赤くした。

「……それは本望ですけど」

ただ、そんな呟きが聞こえて、結局は周が撃沈する羽目になった。

呻《うめ》きそうになるのを堪《こら》えながら、浮かびかけた煩悩を頭から捨て去ろうと瞳を閉じる。

そんな周に、真昼は頰《ほお》を赤らめたまま何だかご満悦そうに微笑んでおり「私も周くんを可愛がりたいです」と囁く。今の状態がもはや可愛がられているのではないか、と真昼にジト目を向けると、更に笑われた。

「私も主導権が欲しいです。最近、周くんにしてやられていますので」

「……付き合う前は真昼がぐいぐい来ていたから、やだ。俺のターンが続きます」

「私の手番が飛ばされすぎです。私も周くんを存分に恥ずかしがらせたいです」

「そっちが目的じゃねえか……ばか」

絶対真昼は周を照れさせて恥ずかしがらせたところを愛《め》でるつもりなので、断固として平常心を保ち先手を打ちたいところである。

真昼に翻弄《ほんろう》されると情けない姿を晒《さら》す事が多いので、ここでも優位性をとっておこうと、余裕が出来てきたらしい真昼の横髪を払う振りをして、そっと頬に口付けた。

こみ上げてくる羞恥《しゅうち》は何とか呑み込んで、真っ赤な顔でフリーズした可愛らしい彼女の顔を覗《のぞ》き込む。

「……これでも、可愛がるか？」

「か、可愛くない……」

「俺に可愛げはありませんー。ほら、そろそろ休憩しようか。飲み物買ってくるよ」

濡《ぬ》れて湿った髪をくしゃりと撫でてやると、フリーズがとけたらしい真昼が微妙に不貞腐《ふてくさ》れたように「オレンジジュースお願いします」と呟きながら頭突きしてくる。

照れ隠しなのも分かっていたので、周はひっそりと笑ってもう一度真昼の頭を撫でた。

「で、目を離したらこうなると」

ドリンクを買いに行って帰ってきたら、真昼が男性二人に絡《から》まれていた。

(だから目を離したくなかったんだよなあ。俺が悪いんだけども)

平日とはいえフードコートで並ぶので時間がかかったのもあるが、案の定声をかけられている。

人目があるので無理に連れて行くという事はないだろうが、彼氏としては面白《おもしろ》くない。勝手に話しかけてほしくない、とすら思う。

当の真昼は迷惑そうな顔も隠していなかった。見知らぬナンパ男に振《ふ》り撒《ま》く天使の笑顔はないようだ。きっちりとラッシュガードの前を合わせてにこりともしない表情で隙《すき》を見せていない真昼に、周はそっとため息をつく。

（……迷惑がってるの分からないから、女の子を引っかけられないと思うんだけどな）

そもそも、一人ベンチで誰かを待っている風な女の子が男物のラッシュガードを着ているのに相手が居るという事を察せないのだ。察していてナンパしようと思うなら品性に欠いているし、察していないならその辺りの機微に疎《うと》い時点で女性を引っ掛けられるとは思えない、と辛辣《しんらつ》な事を考えてしまうのは、自分の彼女がナンパされている苛立《いらだ》ちのせいかもしれない。

真昼はお行儀よく約束していたベンチに座っていて、恐らく周がくるまで動けないから彼らから逃げられないのだろう。待たせて申し訳ない、と後で謝罪する事にして、早足で真昼に近付いた。

「おまたせ」

両手にドリンクを抱えてベンチで待っている真昼に声をかけると途端に真昼の顔が輝くので、

彼らに絡まれて迷惑だった事がよく分かった。

別人のような表情を見せた真昼に彼らはぽかんとどこか虚を突かれたような表情を浮かべ、それから周を見る。

周の姿をじろりと眺めた彼らが微妙に優越感をにじませたのは、本日の周が例の男スタイルではないからだろう。

ワックスを着けてくる訳にもいかないのでそのままアイロンで整えたのだが、やはりワックス使用時よりは地味な雰囲気に仕上がっている。

「悪いんですけど、彼女俺の連れなのでお誘いはご遠慮してくださいな」

別に侮られたり蔑《さげす》まれたりするのはよくある事なので、視線の質には気にせず他人用の笑顔を浮かべると、更に男達の笑みの質がよろしくないものになった。

「あんたの連れとかマジで言ってんの？　似合わねー」

「お前みたいな陰キャがこんな子連れてるなんて……なあ」

陰キャで悪かったな、とは思ったものの、実際見かけが地味なのは事実なのでそこに反論する気はない。

ただ、似合う似合わないという問題なら確実に相手の方が真昼には相応《ふさわ》しくない。見た目からして上品かつ清楚《せいそ》で儚《はかな》げな真昼に、ナンパして歩き回っているようなチャラい男が合う筈がないだろう。

面倒なので相手を怒らせない程度に反論しようかと悩んでいたら、真昼が「ふふっ」と小さく笑った。

急に笑いだした真昼を見れば、上品に口許を押さえて笑みを隠している。

「確かに、陽《よう》か陰で言えば陰ですものね」

「笑うなよ……」

「彼が明るくないのは知ってますよ。静かで落ち着きを持った人ですので」

真昼が何を言いたいのか分からずに見守っていたら、真昼が初めてまっすぐに彼らを見る。

そこに好意はなく、どこか冷たさすら感じさせるものだった。

（……もしかして、怒ってるか）

周が馬鹿《ばか》にされる事を嫌う真昼なら、彼らに好感を抱く筈がない。というか、本気で忌み嫌いそうなものである。

「で、仮にそれが陰キャだとして何が悪いのですか？」

真昼が放った言葉は、怒っている風には聞こえなかった。

ただ、本当に何に問題があるのか分からないといった響きで、ナンパ男達も「は？」とどこか唖然《あぜん》としている。

「私は彼が好きですから、陰だろうが陽だろうが関係ないです。彼の性格も見かけも雰囲気も全部引っくるめて好きになったんですから、属性なんて些事《さじ》です。彼に抱いているのは、そんな事を気にするような薄っぺらな愛情ではないですからね」

きっぱりと言い切った真昼がこちらににこりと笑いかけてくる。

彼らにはまず向ける事のない親愛と好意に満ちた笑顔に、胸が熱くなる。こんなに堂々と好きと言われるなんて思っていなくてつい恥ずかしくなってしまうが、やはり嬉しさの方が先に来てしまう。

「いつかお兄さん達もそんな風に思える素敵な女性と出会えるといいですね」

いつも周に向ける、蜂蜜とチョコレートを溶かして混ぜたようなとろけた甘い甘い笑みではなく、完全によそ行きの天使の笑みを浮かべて締めくくった真昼を、彼らはぽかんとした表情で見つめている。

ほんのりと頬が赤いのは、あまりにも真昼の笑顔が眩《まぶ》しすぎて焼かれているのかもしれない。周にだけ向ける素の表情を向けられたら消し炭になるのでは、と少し思ってしまう。

「あ、いや、その……」

「なあ兄さん方。あれ」

言《い》い淀《よど》んで真昼に手を伸ばそうとしていたので、それを然《さ》り気《げ》なく払いつつ、ある場所を指で示す。

釣られたように男達が周の指差す場所に視線を移動させると、そこには見張り台からこちらの様子を見ている男性が居る。

このプールは安全管理もしっかりしているので至るところにこうした見張りが居る。基本的に水辺でのおふざけを注意したり水難から守ってくれる人達ではあるが、もちろん不審者が居ないかどうかも監視している。

見張り台に居る職員の視線の先が自分達だと気付いた二人は、バツが悪そうな顔を浮かべてそそくさと退散していく。如何《いか》にも男連れっぽそうな高嶺《たかね》の花に声をかける割にそういうところは小心者なんだな、とつい笑ってしまったのは悪くない。

ようやく二人になったので、周は真昼の隣に腰かける。

「遅くなってごめんな」

先に謝らなければならないだろう。

真昼を一人にしてしまったことでナンパが起きて不快な思いをさせてしまったのだから。

「いえ、混んでたでしょう？　これは一人だとよくある事ですし」

「……そうかもしれないけど、一人にさせたのは俺の過失だから。怖かったろ」

「お話が分かってくれる方達でしたからそうでもないですよ」

(あれは話が分かったというか、結局人目が気になる手合いだっただけな気がする)

おそらく職員が居なければもう少しやり取りは続いていただろう。途中で面倒になって真昼の手を引いて立ち去るつもりではあったが、向こうから去ってくれたなら言う事はない。

真昼ご注文のオレンジジュースを手渡して、周も自分の頼んだサイダーをストローで吸う。

「……怖くなかったか？」

「怖いというより、折角気分よかったのにだいなしだなあって」

「ごめんな。ご機嫌を直してくださいな」

「周くんのせいではないですけど……そうですね、じゃあ、周くんのそれ一口ください」

周が飲んでいるサイダーを指差して「それで手を打ちましょう」と悪戯《いたずら》っぽく笑うので、周は「真昼には敵《かな》わないな」と苦笑してカップを渡す。

あまりこちらに罪悪感を抱かせないようにわざとこうしてお茶目に言ってみせたのが伝わってきて、申し訳なさやら思いやりをじんわりと感じた。

真昼は先程の事はもう何も言わず、周からサイダーを受け取ってちゅうっと吸って……思いきり眉《まゆ》を寄せた。若干涙目にすらなっている。

確かに炭酸はややきついが、そこまで過剰反応されるようなものでもない。現に周は普通に飲んでいたのだが、真昼はそうはいかなかったようだ。

「え、変な味だったか？」

「……いえ、炭酸ってほとんど飲んだ事なくて……こんな口がイガイガするものなんですね」

舌への刺激が強かったのか真昼は微妙に瞳を潤ませている。そういえば真昼はいつも飲み物は水かお茶、珈琲、あって果実のジュースを飲むくらいで、炭酸を飲んでいるのは見た事がない。

真昼は辛いものはそこまで苦手ではないらしいのだが、こういう刺激は得意ではないようだ。

「炭酸初心者にきつめの炭酸飲料は無謀だと思うぞ……何で飲みたがったんだ」

こうなる事も予想出来ていそうなものだが、と真昼からサイダーを受け取って頭を撫でていたら、刺激に潤んだ瞳がこちらを見上げる。

「……周くんと一緒の味、楽しみたかったから」

小さく呟かれた言葉にサイダーを落としかけたものの、なんとか大惨事を防ぐ。

（……俺の彼女がいちいち可愛い）

いちいちと言うと貶《けな》しているように聞こえるかもしれないが、実際はかなり褒めている。そして悶《もだ》えている。

ただでさえ外見も仕草も可愛らしくて辛いというのに、同じものを共有したかったなんて事を言われてしまえば、周も唸りの一つくらいあげたくなるのだ。

とりあえずあんまりに可愛かったので、顔を見ていられず、ただ真昼の手だけは握ってそっぽを向けば、真昼が腕を絡めてこちらに寄りかかってくる。

「……俺も、あとで一口オレンジジュース」

「ふふ、はい」

微《かす》かな笑い声を上げた真昼の方は見ないでベンチの肘置きに肘をついて余所見《よそみ》をする。

だから、接近に気づかなかったのだろう。

「へいそこの可愛いお嬢さんとへたれの坊っちゃん、オレ達と遊ばないかーい」

聞きなれた、しかしここでは聞く事のないと思っていた軽い声が、二人にかけられた。

声の方を向けば、予想通りの顔が見えた。

やや軽薄そうなタイプのイケメンにボーイッシュな美少女。どちらも学校でよく拝む顔である。

思わず胡乱《うろん》な眼差《まなざ》しを向けてしまったのは悪くない。

「何で樹が」

「いやストーカーはしてないぞ。マジでたまたま。流石にそこまで野次馬《やじうま》根性こじらせてないから」

真面目《まじめ》に手を振って否定しているので、おそらく本当に後をつけてきた、という事ではないだろう。

そもそも、後をつけてきたなら二人の性格的に真昼がナンパされているところで助けに行った筈だ。タイミング的に真昼と合流してからこちらを見付けたのだろう。

千歳の表情からも、わざとではないと分かる。

「いや、今週プール行くって事は聞いてたんだけど、流石にこんな広いところで日にち被《かぶ》った挙げ句鉢合わせるとは思ってなかったんだよね。二人きりのラブラブを邪魔してごめんねー」

「……あのなあ」

鉢合わせた事については偶然なので文句を言うつもりはないのだが、最後に揶揄《やゆ》するようなにやにや笑いと言葉が飛んできたのでじろりと見る。

といっても、千歳も水着なのであまり胴体を見るのは失礼なので顔を見て睨《にら》む事になるのだが。

オレンジのセパレートタイプの水着と水着用のショートパンツを着ている千歳は、周の視線に気付いたのかまたにやにやして「やんえっちー」と体をくねらせる。

視線からして体を見ていないのが分かりきっているのにふざける千歳には盛大にため息を送りつつ、樹に「こいつどうにかしろ」と眼差《まなざ》しで訴えると「夏だから余計に元気なんだよなー」との事。彼は止める気がなさそうだった。

まったく、と呆《あき》れつつ真昼を見れば、ナンパ男達から隠すために閉じていた前を開けている。

ラッシュガードとはいえやはり真夏に首元までファスナーを上げているのは暑かったらしい。

胸元《むなもと》までファスナーを下ろして少し空気を送っている真昼に、千歳が瞬く。

「んん？　まひるん？」

「はい？」

「……あれ、まひるんその水着にしたの？」

「その水着？」

「え、だってもう一つ黒の紐《ひも》むぐっ」

途中で千歳の声がくぐもったのは、真昼が掌で千歳の口許を塞《ふさ》いだからだろう。

軽く腰を浮かせて千歳に手を伸ばしている真昼は、周の視線を感じたのか一度ぴたりと固まる。

「……何でもないです」

そう言って首を振った真昼は、頬が赤い。

「もう一つあったんだ」

「やっ、あっ、あれは、その、……公衆の面前で着るには恥ずかしいです、し」

「こぼれそうだしね。周と二人きりなら着るって可愛い事をむぅ」

「千歳さんは黙らなきゃ駄目です」

「はぁい」

再び真昼に口を塞がれている千歳だが、悪びれた様子はない。

人前で着るのが恥ずかしいというほどの水着を買った真昼にも驚きだが、二人きりなら着るなんて事を言っていたのなら、大胆さに周の心臓が暴れだしそうだ。

「……そんなに際《きわ》どいのか？」

「際どいっていうか、まひるんのスタイルがいいから布面積が狭く見えるっていうか」

「千歳さん」

「これ以上言うとホントに怒られそうなので周は実際に見せてもらって理解しておくれー」

「みっ、見せません！」

熟れた林檎《りんご》のように頬を赤くして却下する真昼に、周が微妙に残念だと思ってしまったのは悪くないだろう。

もちろん真昼が嫌がるなら無理に見たいとは言わないが、やはり彼女のそういった姿が見たくないと言えば嘘《うそ》になる。

千歳の口ぶりから極端な露出と言うよりはスタイルのよさを浮き彫りにしたものらしい。

今の時点で周としては結構直視がきついのだが、その水着がこれ以上肌が見えるのだとしたら、真昼の拒否は救いなのかもしれない。

それはそれとして、男としては見てみたさはあるが。

ほんのり残念がっていたのが見えたのか、千歳がにやにやしているし、真昼は真昼で微妙に視線をこちらにちらちらと向けている。

「見せないの？」

「……応相談です」

千歳の言葉にか細く返した真昼が、周と千歳の視線から逃れるようにラッシュガードのフードを被《かぶ》って俯《うつむ》く。

ただ、見えなくても顔が燃えて火傷《やけど》したのではないかと思うくらいに真っ赤なのは、想像がついた。

「……千歳、あんまからかうな。真昼も俺の事は気にしなくていいから」

「でも可愛いでしょまひるん」

「なに当たり前な事言ってるんだ」

「おおうナチュラルだね君も……」

真昼が可愛いのはいつもの事なので流すと、千歳がほんのりと呆《あき》れたような眼差しを向けてくる。

元々付き合う前から真昼が可愛い事は認めていた筈なのでそう驚くような事でもないのだが、二人からしてみれば周がすんなり同意したのが意外だったようで目を丸くしていた。

「……結局周って恋人溺愛してるんじゃねえか……昔は恋人なんて出来ないし恋愛しないって言ってたのに……」

「やかましいわ」

「いやー、これが愛は人を変える的なやつなのかー」

「お前ら馬鹿にしてんな？　そもそも真昼が可愛いのは周知の事実だし、自分の彼女が可愛いのは当たり前だろうが。樹だって散々千歳が可愛いって自慢してたし」

樹と仲良くなって千歳を紹介されてからというもの日々のろけられていたので、周が多少言ったところで樹ののろけに勝てる程ではない。

そうおかしな事でもないだろうと逆に二人に呆れて見せればやれやれと肩を竦められた。

その態度が微妙にむかついたので睨んだのだが、樹は苦笑するだけだ。

「まあでも、それくらいにしておいた方がいいんじゃないかな」

「何がだよ」

「椎名《しいな》さんが大変そう」

何故《なぜ》真昼の名前が、と真昼を見たら、フードを摑《つか》んで深く被った状態で震えていて、おそらく非常に恥ずかしがっていた。

あまり人前で褒められると照れるらしい真昼に慌てれば、微妙に顔を上げた真昼に恥じらいからか涙目で見つめられる。

「……周くんはそういうところがいいところで悪いところです」

そう呟いた真昼はまたフードを深く被ったので、周は真昼が羞恥から立ち直るのをおろおろと待つしか出来なかった。

真昼の羞恥が収まってから四人で遊ぶ事になったが、四人になってよかったのは声をかけようとタイミングを見計らっている男達が減った事だ。

四人で行動していたら一人になる事はないし、ならないように気を使っている。

それに、樹はぱっと見チャラ系のイケメンな上にいかにも人当たりが良さそうな雰囲気のある種理想的な陽キャな男なので、ナンパ目的の男達が勝手に尻込《しりご》みしているようである。

ただ、千歳も真昼も樹も外見的には非常に優れているので、視線そのものは集まっている気がしなくもないが。

「まひるんまひるん、そーれ」

「きゃっ。……もう、千歳さんってば」

真昼が無言の圧力で訴えてきたので、周達は浅いプールで遊ぶことにした。真昼と千歳が和気藹々《わきあいあい》と水をかけあっているのを、周はプールの縁に腰かけて眺めていた。

すっかり仲良くなった二人が楽しげに戯れているのを見るのは、微笑ましさを感じる。

あと、二人してタイプは違えど外見はとびきりの美少女なので、見ていて目の保養になる。

「いやー、いいですなあおなごが仲睦《なかむつ》まじくするのは」

同じように周の隣で二人を眺めていた樹がにやにやしていた。

「感想が親父臭いぞ」

「ひってえ。お前だって二人が仲良くしてるの見て鼻の下伸ばしてただろ」

「そこまでじゃねえよ」

「でも見ていていいなって思ってたんだろ、むっつりめ」

「それお前にも返るだろうが」

「オレはオープンだから」

それもどうなんだ、と突っ込みつつ、千歳に水をかけられてくすぐったそうに笑っている真昼をぼんやりと眺めた。

「で、なんでそんな遠くを見るように見てたんだよ」

へらりとした笑みを収めて聞いてきた樹は、少し体を前に倒して周の顔を覗き込む。

「いや、なんつーか、真昼が以前にも増して可愛くなったなと」

「お前ものろけるようになったな」

「のろけっつーか、よく笑うようになったなって。昔はにこりともしなかったんだよ」

「オレらは見た事ないけど、素っ気なかったんだっけ？」

「そう。クールっていうか毒舌というか。人を信じないやつだったからさ。……ああして笑ってるの、いいなって」

出会った頃に比べると、本当に素直に笑うようになった。

昔のクールでやや毒舌な真昼からは考えられないほどに、屈託のない笑みと素直さを見せている。

真昼が変わったのは自分と一緒にいたからという自負はあるが、千歳のお陰でもあった。同性だからこそ話し合える事もあるし、分かり合える事がある。

ああして楽しそうな姿をしているのを見ると、やはり嬉しい。

「オレも椎名さん変わったなって思ってたから同感。昔はなんつーかお人形みたいで近寄りがたかったんだけど、今はすごく可愛い周大好きっ子にしか見えない」

「大好きっ子って……あのなあ」

「いやー、あんなに純粋に好意向けてるんだから分かりやすいよ。ただでさえ特別扱いしてたの見え見えだったし」

「……ちなみに聞くけど、樹から見て真昼って結構前から俺の事」

「むしろ何でうじうじしてるんだレベルで好意が溢れてたぞ」

「マジか」

付き合う前から薄々好かれているのは察していたが、自分が思うよりも前からそういう風に見えていたらしい。

「椎名さんが周を信頼して好意を寄せていった辺りから多分変わってきたんだと思うよ」

「……そうかよ」

「あとはちぃの存在かなあ。よくも悪くもハイテンションでフレンドリーだからな、引っ張られてる」

「制御頼むぞ彼氏さんや」

「ちぃは本当にダメなところまでは踏み込まないからへーきへーき。それにほら、あんなに笑ってるんだから」

樹が指で示す先をもう一度見れば、真昼が千歳にくっつかれて恥ずかしそうにしつつも、はにかんで受け入れている姿がある。

真昼も千歳を信頼しているのが眼差しで分かるし、表情も柔らかい。ああして信頼できる相手が増えているのは、一番信頼出来る相手は自分であって欲しい。

でも願わくば、心配すんなよ、と背中を叩《たた》いた樹に苦笑を返していたら「へいへいそこのプールサイドで黄昏《たそが》れてる若人さんや、こっちに来て遊ぼーぜい」と千歳が真昼にくっつきながら手を振っている。

真昼も、周に来てほしそうに控えめに手を振っていた。

「かわいこちゃんに呼ばれたらそりゃ応《こた》えない訳にはいかないですなあ」

よいしょ、とプールに降りた樹がにやっと笑って二人の方に向かうのを見て、周もまた笑って真昼達の方に向かった。


「ふぃー、遊んだ遊んだー」

数時間も遊べば高校生といえど流石に少しばかり疲れてきて、四人でベンチに座って休む事になった。

借りてきたボールでバレーをしたり、千歳に押されて真昼が小さめのウォータースライダーを体験したりと真昼には刺激的な体験になっただろう。

隣に座る真昼はすっきりとした顔ながらもやや疲弊しているのか、周に軽くもたれている。

「楽しかったですね。こんなに遊んだのは久し振りです」

「ん、俺もこんな体使うのは久し振り」

「周は体育祭も必要以上に出場しなかったからなあ。いい運動になったろ」

運動音痴という訳ではないが得意でもない周はこうして全身を使うのはあまりない。体育の授業も真面目に受けてはいるが、ここまで気持ちよく体を動かせはしない。

「途中から周真面目に泳いだりしてたよね」

「いやプールは泳ぐところだし……たまにはいいかな、と」

「その間まひるんが周の事見てたよ」

「え、ご、ごめんな真昼」

千歳と仲良く遊んでいたので周も軽く泳いで楽しんでいたのだが、真昼を待たせてしまっていたのかもしれない。

ただ、真昼はふるふると首を振る。

「そ、そういう訳ではないのですけど……いいなって」

何がいいな、なのかは少し考えれば分かった。

真昼は泳げないので、普通に泳げる周が羨《うらや》ましかったのだろう。

ただ、千歳や樹の居る前で泳げないという事について言及する訳にもいかないので、そっと苦笑だけして頭を撫でておく。

また機会があれば、今度は泳ぐ練習をするのもいいかもしれない。

「またいつかプール一緒に行こうな」

「は、はい」

「え、なにー？　まひるんの黒ビキニ見たいって？」

「あほか。それは流石に他人に見せたくない」

「二人きりなら鑑賞する癖《くせ》に」

「それは……彼氏権限だろ」

他人に真昼の黒ビキニを見せるなんて考えたくもない。今ですら周のラッシュガードで隠しているし、なんなら水着用のショートパンツもはかせたいくらいなのだ。

「だってまひるん。見せてあげないの？」

「ですから応相談ですっ」

そっぽを向いた真昼に小さく笑って、もう一度ぽんと頭を軽く撫でた。


レジャー施設を揃《そろ》って出た周達は、少し早いがファミリーレストランにやってきていた。

十八時前なので夕食にはやや早いかもしれないが、泳いだり遊んだりして体力を使ったしお腹も減っていたので丁度よかったのかもしれない。

真昼はファミリーレストランにくる機会がなく、ちょっとそわそわしていた。その様子が可愛くてつい笑ったら千歳達には見えない角度からぺしぺしとはたかれたので、笑みは収めるのだが。

「そういえば、まひるんって夏休み周の実家に行くんだよね」

ハンバーグを切りながら、千歳が問う。

千歳と遊ぶ日程を組むために真昼も周と一緒に周の実家に行く事を伝えたのだろうが、やはりにやにやした顔を向けられた。

「あれだね、顔合わせに行くみたいな感じだね」

「残念ながら既に真昼はうちの両親と会ってるから」

「そうなんだー。……なんか最早旦那の帰省についていく奥さんみたいだね」

「好きに言ってろ」

まだ結婚はおろか婚約もしていないのに何を言っているんだ、とは思ったものの、普通高校生同士の恋人で両親に会いに行く行動は起こさないので、否定しきれない。

あっさりと流して和風定食のだし巻きを口にした周に、千歳はからかえなくて残念そうな表情を浮かべている。

それは無視しつつ口にしただし巻き卵を咀嚼《そしゃく》するものの、なんというか物足りない。真昼のと違って大味な味付けなので、美味《おい》しいと言い切るのには足りない味だ。

やっぱり真昼の料理が一番だ、と一人で納得した周がちらりと真昼を見れば、ほんのり恥ずかしそうにしている。

どうやら妻のくだりに照れたらしい。

「椎名さんが周の実家にか……それはさぞ周のお母さんは喜びそうだな」

「赤澤《あかざわ》さんは志保子《しほこ》さんと面識が？」

「いいや、聞いた感じだけど……こう、周のたとえでよく分かった」

「うちの母さんは濃いからな……他人とは思えない感じだろ」

話だけですぐ樹も志保子が千歳に似ていると判断したらしい。千歳が志保子と会えばさぞ親近感が湧《わ》くだろう。

「え、なになにー？」

「んー、ちぃは可愛いなあって話」

さりげなく誤魔化《ごまか》しつつ褒めた樹に、千歳は「いっくんってばー」とご満悦の様子だった。

「あ、そうだ周。帰省する日が決まったら早めに言ってね。行く前にまひるんと遊びたいし」

「はいはい。多分帰省は八月に入ってだからそれまでに行っとけよ。……あと、課題もやっとけ」

「なんでお母さんみたいな事言うかなー」

「お前去年『課題が終わらないー！』って騒いでただろうが……」

千歳は課題は後で一気にやるタイプらしく、夏休みが終わりかけているくらいの時に慌ててやり出していた。

周は先に済ませてあとは日々の自習で振り返るタイプ、樹はなんだかんだコツコツとこなしていくタイプなので、二人で千歳の課題を手伝う羽目になったのだ。

今年も周は既に終わらせているし、真昼も同様に課題を片付けてあとは一緒に自習したりしている。

「だって、やりたくないし……はっ、今年は大天使に教えてもらうという手段が」

「教えるのはいいですけど、次に大天使って呼んだら断りますからね」

「やん厳しい。でも素っ気ないまひるんもすきっ」

何だかんだ千歳とも軽いやり取りが出来るようになった真昼に微笑ましさを覚えつつ、冷めない内にご飯を口に運ぶ。

「真昼、明日だし巻き食べたい」

隣の真昼に小さな声で告げると、真昼の視線が周の前に置かれたトレイに移る。

「今食べてませんか」

「これじゃ駄目だ。なんか、パッとしないっつーか。真昼のが一番だから」

「ふふ、仕方ない人ですね。じゃあ朝ご飯に作るついでに起こしてあげますからね」

「ん」

夏休みという事であまり早い時間には起きなくなったので、真昼が起こしてくれるならありがたい。

寝起きに真昼の顔を見るのは心臓に悪そうなのだが、抜群の目覚ましなのは間違いないだろう。

明日の朝ご飯が楽しみだ、と一人上機嫌になった周に、樹が呆れたような眼差しを向ける。

「最早同棲《どうせい》カップル……」

「うるせえ」

まだ半同棲だ、とは言わず、少し冷めた味噌汁《みそしる》を静かに飲んだ。

第12話　帰省と交際の露見

「戸締まりはしましたか？」

「目の前でやっただろ」

家の前の廊下で先生か何かのように注意喚起する真昼《まひる》に、周《あまね》は小さく苦笑した。

普段ならわざわざここまで言わないのだが、長期間家を空けるため心配して注意したらしい。

今日から二週間ほど実家に帰る事になっており、その間に何かないか気を付けているのだろう。

「それは見ましたけど、念のため」

「はいはい。お前こそ忘れ物はないだろうな？」

「忘れてませんよ。必要な荷物は送ってますし、朝方もう一度手荷物の検査しましたから。戸締まりも完璧《かんぺき》ですし、周くんちのゴミ捨てから冷蔵庫の中身チェックまできっちりしてますのでご安心を」

「それはわざわざありがとう」

流石《さすが》に二週間分の荷物を携えていく訳にもいかずお互いに宅配便に頼んでいるので、そこは抜かりがない。おまけに周の家の事までしてくれているのだから頭が上がらなかった。

そういった細かい事に気付いてくれるまめさに感謝しつつ、真昼の手にしていたバッグを受け取って、代わりに手を握る。

真昼はぱちりと瞬きをした後に小さく「周くんのそういうところ好きです」とはにかんで、周の手を握り返した。


周の実家がある場所は、周達が住んでいるところから新幹線で一時間と少し程度の距離だ。

予約していた席に座って景色を楽しみつつおしゃべりに興じていれば、あっという間に新幹線は地元に着いていた。

久々、といっても一年ぶり程度に見た駅の光景に何とも言えぬ懐かしさを感じつつ、真昼の手を引いて待ち合わせの場所に向かう。

「ここが周くんの地元なんですね」

「ん。まあ、俺《おれ》の家は電車を乗り継ぐかもう少し車走らせないと着かないから、完璧に地元とは言い切れないんだけど」

大きな駅にしか新幹線が止まらないのでここで降りただけで、実際にはもう少し移動に時間がかかる。

今回は予定が空いていた志保子《しほこ》が駅まで迎えに来てくれるという事で、厚意に甘える形となっていた。単純に、志保子が早く真昼に会いたいからという理由もあるだろうが。

待ち合わせによく使う改札口にある大きな柱を目指していたら、遠目からでも自分の母親の姿が見えた。

流石に母親の前で手を繋《つな》ぐのは気恥ずかしさがあるので手を離せば、微妙にしょんぼりとした空気が真昼から滲《にじ》んだので、慌てて軽く背中を叩《たた》く。

（まだ付き合ってる事を伝えてないので今回ばかりは許せ）

手を繋ぐ事が日常的になっているので、ついつい手を繋いでしまいがちだが、帰省中は気を付けなくてはならない。

やや名残惜《なごりお》しそうにしていた真昼も、志保子の姿を捉《とら》えて納得したのかいつもの表情に戻る。

志保子側も二人の姿に気づいたのか、人好きするような明るい笑みを浮かべてこちらに近寄ってきた。

「お久し振りです」

「まあまあ真昼ちゃんいらっしゃい！　よく来てくれたわねえ！」

真っ先に真昼に挨拶《あいさつ》をするところが我が母親らしい、と周は苦笑いを浮かべる。

真昼は、志保子の勢いにやや気圧《けお》されつつも淑《しと》やかな笑顔と所作で頭を下げていた。

「お誘いいただきありがとうございます。折角のご家族水入らずの機会なのに私まで参加させていただいて……」

「いいのよー、私達が真昼ちゃんに会いたかったんだもの！　ほんとは春休みにも会いたかったんだけど都合がつかなくてねえ……あら、周どうしたの」

「息子への挨拶はなしか」

「あらあら。お帰りなさい周。真昼ちゃんを連れてきてくれてありがとうね」

「はいはい」

冗談だとは分かっているので別に怒っている訳ではないのだが、ぶっきらぼうさが前に出たせいか「もう、拗《す》ねちゃって。もちろん周が帰ってきてくれて嬉《うれ》しいのよ？」と小突かれる。

そのにやにや笑いの方がイラッとしてしまったのは仕方ない事だろう。

ぺい、と志保子の手を払いつつ、辺りを見る。

志保子が迎えにくるとは聞いていたのだが、修斗《しゅうと》の姿がないのが意外だった。今日は修斗も休暇を取っていた筈なので、てっきり二人でくるものだと思っていたのだ。

「父さんは？」

「修斗さんは今家でお昼ご飯作ってるわよー」

「なるほど」

そう言われると合点がいく。

修斗は料理が好きだし、おもてなしするのも好きな人間なので、家で色々と準備をしているのだろう。

「よかったな真昼、父さんの料理はうまいぞ」

俺にとっての真昼ほどではないけど、という言葉を呑み込んで告げれば、真昼もふわりと淡い笑みを浮かべる。

「そうなんですね、楽しみです」

「うふふ。我が家の味も楽しんでちょうだいな」

「別に母さんが作る訳じゃないのによく言うよ……まあ父さんの方が美味《おい》しいからいいけど」

「それは余計よ、まったく」

年齢を感じさせない顔で頰《ほお》を膨らませてみせる志保子だが、実際修斗の方が料理の腕前は上だ。

平日は志保子、土日は修斗と分担しているので作り慣れているという点なら志保子に軍配が上がるが、味は修斗の方が上である。

別に志保子の料理が美味しくないという訳ではないが、やはり味付けの問題的に修斗の方が美味しく感じるのだ。勿論《もちろん》、作ってもらえるという点はどちらにも感謝していた。

「まあ、周の素直じゃないところはいつもの事だからいいわ。それより、家に向かいましょうか。今からなら丁度お昼頃《ごろ》に着くと思うし。車はこっちよ、いらっしゃい」

あまり駅で話し込んでいても仕方ない、と手招きして駅の出口に向かっていく志保子に、周は一度真昼を見る。

「じゃ、行くか」

「はい」

小さく頷《うなず》いた真昼の手首を軽く握る。

流石に手を絡《から》めるような繋ぎ方は出来ないが、これならはぐれるの防止という事で誤魔化《ごまか》せる。

目を見開いて、それから嬉しそうにほんのり照れたような笑みを浮かべて少しだけ周との距離を詰めた真昼に、周もやや照れつつも志保子を追うようにゆっくりと歩き出した。

車を飛ばす事三十分、周達からすれば移動時間二時間程かけて、藤宮《ふじみや》家にたどり着いた。

割と大きめの一軒家が、周達の目の前に建っている。広いのは書斎があったり広めのキッチンを備えていたり空き部屋があったりとするからなのだが、真昼的には思ったよりも広かったらしく目を丸くしている。

「大きいですね」

「あらありがとう。うち広めに作ってるのよねえ。ほんとは娘が欲しくて部屋多めにしたんだけど、世の中ままならないものよね。……真昼ちゃんが来てくれてもいいのよ？」

「え、あの、その」

「母さん、真昼をからかうなよ、困ってるだろ」

「あらあら」

明るい笑顔を浮かべているが、真昼の反応ににやにやしている節がある。

真昼は恥ずかしそうに俯《うつむ》いているので、余計に志保子の楽しい妄想の糧になっている。周の本音としては、それは妄想で済ませるつもりがなかったりするのだが、流石に志保子には言えない。

「ほら、暑いんだからさっさと中に入ろう」

「はいはい。仕方ないわねえ」

「何が仕方ないんだよ……」

笑みが収まる気配がないのはもう諦《あきら》めて志保子の背中を押すと、志保子が実に愉快そうに笑いながら家の鍵《かぎ》を開ける。

中から足音がするのは、志保子達が帰って来た事に修斗が気付いたからだろう。

「お帰り」

家に足を踏み入れれば、予想通り修斗が待っていた。

「ただいま修斗さん。真昼ちゃん連れてきたわよー」

「椎名《しいな》さん久し振りだね」

「ご無沙汰《ぶさた》してます。お元気そうで何よりです」

真昼も修斗と会うのは半年強ぶりなので、やはり緊張している様子だった。志保子は真昼にフランク、フレンドリー、いや押せ押せで接しているためあまり距離を感じさせないのだろうが、修斗には距離を感じてしまうのだろう。

修斗は真昼がややかたい様子な事に気付いて気さくな笑みを浮かべている。

「こんなおじさんに畏《かしこ》まらなくても大丈夫だよ」

「いえそんな……」

「父さんの見かけだとおじさんに見えないのが問題なんだよなあ」

「おや嬉しい事を言ってくれるね」

実際、実年齢に見合わない容姿をしているのが自身の父親だ。

三十代後半とは思えない若々しい、言うなれば童顔の父親はまず初見で年齢を当てられる事はない。

「周も少し見ない内にいい顔になったね」

「たかが半年で変わるか？」

「うん。男らしくなったというか、自信がついたように見えるよ。格好も堂に入ってるしね」

真昼と歩くという事でよそ行きの格好をしているのだが、前はあまり自信がなかったように見えていたのだろう。実際自信がなかったので、今自信がついている状態がよく分かったらしい。

それを見抜かれるのは微妙に気恥ずかしく、唇を閉ざすと修斗がくすりと小さな笑みを浮かべる。

「じゃあ志保子さん、家の案内を任せてもいいかな。私はまだもてなしの準備があるから」

「はぁい。じゃああがってちょうだいな。狭いところだけどゆっくりしていってね」

「いえ、そんな事は……。お邪魔します」

ぺこ、と律儀に頭を下げて靴を脱いだ真昼に続いて、周も靴を脱ぎスリッパを履《は》く。

周は勝手知ったる我が家なので案内は要らないが、志保子が真昼に余計な事を言ったりしたりしないか見張るためについていくつもりである。

修斗がダイニングに戻っていくのを見た志保子は「こっちよー」と階段の方に手招きをした。

寝室と客室は基本的に二階にあるのでそちらを案内するつもりだろう。

周も自室に行って届いている荷物を軽く開ける予定ではあるが、少し考えてみて客室がどこにあるのかを思い出して何とも言えない表情になる。

（……去年見た時物置になってない部屋って一つしかなかったんだが）

ベランダが繋がっているその部屋は、本来もう一人子供が生まれた時用に作られていたらしい。結局子供を授《さず》かる事はなかったので使われないままであるが、部屋の内装だけは整えられていて誰《だれ》かが泊まれるようになっている。

今ではあまりこないが、従兄弟《いとこ》達が長期休暇に遊びにきた際使う部屋でもある。

別に何をする訳でもないが、異性を行き来出来る部屋に泊めていいものなのかと少し胃が痛くなった。

「じゃあ真昼ちゃん、部屋はここ使ってね」

案の定周の隣の部屋に案内されていて、そっとため息をつく。

「お部屋を用意していただいてありがとうございます」

「いいのよーそんなの。二階はお手洗いがそこで、真昼ちゃんの隣の部屋が周の部屋ね。ベランダ繋がっててごめんなさいね」

ベランダが繋がっている、という言葉にぱちりと瞬きした真昼に、ばつが悪くなって目を逸らす。

「ちゃんとベランダの鍵は閉めとくからそっちも閉めとけよ」

「そ、それは心配してませんよ」

「そこはしてくれ」

「ふふ、初々しい事で。私はお昼の準備してくるから、二人は荷物の確認をしていてね。真昼ちゃんのも、もう部屋に運んでるから」

「はい、ありがとうございます」

「いえいえ。じゃあまたあとでね」

微笑《ほほえ》んで階段を下りていった志保子の背中が見えなくなるのを確認して、盛大にため息をついた。

「ごめん、この部屋しか空いてなかったんだと思う」

「い、いえ、大丈夫ですよ?」

「そりゃ付き合ってるからいいけど、付き合ってなかったらまずかったろ。母さんは知らない筈なのにさあ……ったく」

「大丈夫ですよ。それにその……ベランダ繋がってるなら、一緒に星を見られますし」

小さくはにかんだ真昼に、寝込みを襲われる心配はしないんだなあと苦笑しつつ、一緒に夜を過ごしたいと願ってくれた事にじわじわと喜びが湧《わ》いてくる。

「……まあ、また都合のいい時にな。ほら、荷物片してこい」

「はい」

照れ隠しに告げた言葉に真昼は気付いているのかいないのか、くすくすと楽しそうに笑って宛《あて》がわれた部屋に入っていった。

二週間一緒の空間で過ごすという事を今更ながらに実感して、周は掌で顔を覆《おお》うように掴《つか》んで自室に足を踏み入れた。

お昼は真昼の歓迎という事で、修斗の手料理が振る舞われた。

修斗も真昼のように何でも作る事が出来るタイプで、志保子が食べたいという事で本日のメインはパエリアにしたらしい。

勿論パエリアだけではなくてビスクや魚介類のたっぷり入ったサラダやらが並んでいた。

どれも勿論おいしかったし真昼も純粋に喜んでいたので、真昼視点でも修斗の料理の腕前は高いようだった。

「うちの息子が迷惑かけてないかい？」

食べ終わって一息ついたところで、修斗が真昼に切り出す。

ちなみに志保子は後片付けを担当しておりこの場にはおらず、キッチンから響いてくる洗い物の音で存在を感じさせた。

修斗の言葉にぱちりとまばたきをした真昼は、すぐに首を振った。

「迷惑……いえ、そんな」

「そこは正直に世話させられてるって言ってもいいんだぞ」

「……周くんと過ごすのをいやとか迷惑だと思った事はありませんから。いつも楽しくさせてもらってますよ」

「そうかよ」

淀《よど》みなく言われてはそれ以上何も言えず、つい素っ気ない口調で返してしまう。

「周も照れてないで礼くらい言ったらいいのにね」

「……いつも感謝してる」

「はい、知ってますよ」

真昼にも照れ隠しは見抜かれているらしく、鈴を転がすような声で笑っていた。

それがまた恥ずかしくて唇をもぞもぞと動かしては止めるの繰り返しをして、更に笑われるのだからどうしようもなかった。

後で覚えてろ、と真昼を見ても美しい笑みをたたえているだけで、言葉が効いた様子がなかった。

我慢出来ずにそっぽを向けば修斗にまで笑われた。

「素直じゃないねえ、本当に。そこが周の可愛《かわい》いところなんだけどね」

「男に可愛いとか馬鹿《ばか》にしてるのか」

「確かに周くんは可愛いですよ」

「真昼、後でじっくりお話ししような」

「はい。また後でお話ししましょうね」

にこやかに言われて、ぐうの音も出なかった。今日の真昼は地味に手強《てごわ》い。てっきり緊張しているかと思えば、もう打ち解けているように見えた。

単純に周とのやり取りだけこうして慣れた様子を見せているのかもしれないが。

周と真昼のやり取りを面白《おもしろ》そうに眺めていた修斗だったが、なにかを思い出したように大きく瞬きをする。

「あ、そうだ椎名さん。よかったら一緒に買い物に行かないかい？　志保子さんから頼まれたものがあるんだ」

「何連れ出そうとしてるんだよ」

今回は真昼に掌の上で転がされているので不服そうな声になってしまった周に、修斗は変わらない笑顔を浮かべた。

「志保子さんみたいに連れまわしてきゃっきゃうふふみたいな真似《まね》はしないよ？」

「そりゃ知ってるけどさ」

「周はお留守番ね」

「何でだよ⁉」

「そりゃあ昔話するのに本人居たら邪魔だからねえ」

「邪魔とか言いやがったな⁉」

「うん」

さらりと頷かれて言葉に詰まった周をスルーして、修斗は真昼を見る。

「おじさんとお出かけするのはいやかな？」

「いえ、そんな事は。私でよければ」

「じゃあ行ってくれるかな。ついでに志保子さんのプレゼントも一緒に選んでほしいな」

承諾を得たとにっこり微笑んだ修斗の言葉に、真昼は困惑していた。

「ぷ、プレゼントですか。何か記念日でも……？」

「父さんよく母さんにプレゼントしてるから。何でもない日に」

修斗は非常に女性に優しくまめな男であり、特に愛する妻である志保子には特に何か記念がある訳でもない時にでも贈り物をこまめにしている。

日頃《ひごろ》の感謝と愛情の証《あかし》と志保子さんの喜ぶ顔が見たいから、というのが修斗の談で、実家に居た頃は周も買い物に付き合う事があった。

今回は女性視点で助言をもらうために真昼を誘ったのだろう。おそらく周の話をするというのが大きな目的ではあるだろうが。

「……周くんは修斗さんに似たんですね」

「俺はそこまでやってないけど」

「ぬいぐるみとか可愛い小物見つけたら買って渡してくるじゃないですか」

真昼が喜びそうだったり似合いそうなものはつい買ってしまうのだが、それは好きだからというのもあるし、真昼には日頃世話になっているお礼というのも兼ねている。

修斗に似ているといえばそうなのかもしれないが、頻度はそう高くないとは思う。

「いやまあ真昼には日頃から世話になってるし」

「……そういうところですよ？」

言い訳じみた声で返した周に真昼は呆《あき》れたような、それでいて嬉しそうな悪戯《いたずら》っぽい声で笑った。

修斗も微笑ましそうにこちらを見てくるので、周はやっていられないとばかりに雑な動作で立ち上がって後片付けをしている志保子の所に手伝う名目で逃げるように向かった。

「あら周、真昼ちゃんと話してなくてよかったの？」

「真昼は今から父さんと一緒に買い出しに連れ出される予定だから」

ちらりとリビングを見れば、二人で笑いながら出かける用意をしている。

行動が早いのは、周が若干ふて腐れているのを見抜いた修斗が冷却期間を用意しようとしたからだろう。我が親ながら人の心の機微を見抜きすぎてたまに怖くなる。

「ああ、買い出しに行ってくれるのね。修斗さんも真昼ちゃんに聞きたい事とかあっただろうし、いいんじゃないのかしら」

「何聞くつもりなんだよ……」

「そりゃあ普段の様子とかじゃないの？　私は修斗さんの事全部知ってる訳じゃないしねえ」

周に洗って火にかけて乾燥させたパエリア鍋を手渡すので、素直に調理器具が置かれている棚に戻しに行く。

その間に真昼と修斗がリビングを出ていたので、背中が消えていった扉をやや恨みがましげに見てから、洗い物を続けている志保子の所まで戻って洗った食器を拭いて同じく棚に戻す。

真昼ともよく協力してする作業なので手慣れていると自負しているのだが、志保子は周の手際に目を丸くしていた。

「すっかり周も動きがこなれてきたわねえ」

「そりゃどうも」

「真昼ちゃんにさせてばっかりじゃなさそうで安心したわ」

「俺どんだけクソみたいな男なんだと思われてたんだよ……」

流石に真昼に全部させるほど厚顔無恥な男ではない。

真昼にさせてばっかりでは申し訳なさが先にたつ。

料理という重労働をしてもらっているのだから、周が出来るような事は周がするべきだし、気遣うべきだ。

手伝うなんて何を当たり前の事を、と瞳《ひとみ》を細めて志保子を見れば、感心した様子のまま「……ねえ周」と呼び掛けてくる。

「なんだよ」

「真昼ちゃんとどこまでいったの？」

「ぶっ」

まさか今その質問が飛んでくると思わず吹き出した周に、志保子は平然としながら皿を洗い終えた。

反射的に受け取ってタオルで水分を拭き取るものの、動揺は隠しきれず眉間が狭《せば》まっている。

「なんで動揺してるのよ。明らかにお付き合いしてるような感じの雰囲気醸《かも》し出《だ》してるじゃない。流石に隠しきれないわよ」

それを言われれば否定出来ない。

初詣の時とは、周と真昼の間で漂う雰囲気は違う。交際しているから当たり前ではあるが、なるべく両親の前では隠しているつもりだった。

結局のところ見抜かれているので、無意味だったのだが。

「……悪いのかよ」

「いいえ？　むしろ娘としてきてほしいくらいだからウェルカムよ」

「……そうか」

「あんなに視線とか空気でいちゃついてるからてっきりもう全部済ませているのかと思ったけど」

「ばっ！　んな訳あるか！」

とんでもない邪推に眉尻《まゆじり》を吊《つ》り上《あ》げるが、志保子には悪びれた様子がなかった。

「……母さん、そういうの真昼に言うのはやめろよ」

「流石に真昼ちゃんには言わないけど。でも、私としては娘が欲しいんですもの。期待しちゃうわ」

体の事情でもう子供を授かれない母が娘を欲しがる気持ちも分かるので責めきれず、口をもごもごと動かすだけに留める。

「……真昼にプレッシャーかけるなよ」

「分かってるわよ。だから周に引き留めておいてもらわなきゃねえ」

「俺が本当に欲しいものを離すと思うか？」

昔なら、真昼が幸せなら相手が自分でなくてもいいと離れるつもりではあったのだが、今はもうそんな事は言えない。

狭量になった、と言えばそうなのかもしれないが、真昼を大切にして離さない気持ちが強まったとも言える。真昼を幸せにしたいし、他の男なんて眼中に入らないくらいに惚《ほ》れさせて大切にして離さないようにしたいと思っていた。

なので、真昼が目移りするような隙《すき》なんて与えるつもりはなかった。

きっぱりと言い切った周に志保子が一瞬呆気《あっけ》に取られて、それから愉快そうに喉《のど》を鳴らして笑う。

「ふふ、そういうところも修斗さんに似てるのよねえ。修斗さんは今も昔も変わらず愛してくれてるし」

「俺は父さんみたいに天然たらしなところは継いでないから」

「どうだか。真昼ちゃんに聞いてみましょうか」

「おいやめろ」

そんな事を真昼に聞いたら真昼は天然で恥ずかしいエピソードを漏《も》らしそうなので、全力で阻止しなくてはならない。

やめろと睨《にら》んでみせるが志保子には効いた様子がなく、上機嫌に「真昼ちゃんが帰ってくるのが楽しみねえ」と実にのんびりした口調で告げる志保子に、周は更に眉を寄せるのだった。


真昼と修斗が出かけてから数時間、志保子が夕食の仕度をそろそろしようとした辺りで、二人は帰ってきた。

志保子と二人きりだと確実にからかわれるので、自室で荷物をほどいて暇潰《ひまつぶ》しに参考書を解いていた周を、帰宅したばかりの真昼が訪ねたのだ。

今の家に家具はほとんど持ち込んでいるので大したものがない部屋だし、志保子が定期的に片付けており見せても恥ずかしくはないので普通に招き入れたのだが、微妙に真昼がそわそわしている。

それが二人きりのせいか部屋のせいか、はたまた修斗とのお出掛けのせいなのかは分からないがとにかく落ち着かなさそうなので、床にクッションを置いて座らせておいた。

「お帰り真昼。疲れてないか?」

麦茶を二人分持ってきて折り畳み机に置きつつ問いかければ、瞬きを繰り返した後頬を緩《ゆる》める。

「はい。移動時間もここでも座りっぱなしだったので、体を動かすのにも丁度よかったですよ」

「そっか。……んで、そんなにそわそわしてるのは父さんから何か聞いたのかよ」

どうやら図星だったらしく微妙に目をそらした真昼にため息がこぼれる。

真昼が悪いとは思わないが、修斗には色々と言いたい事がある。言ったところでのらりくらりとかわされるか逆にからかわれるかどちらかになるので何も言えないが。

「ったく、父さんめ……何話したんだよ」

「そう大した事ではないですよ。今の周くんの様子はどうだとか、子供時代の周くんが可愛かった事とか」

「……何を聞いたんだ」

流石に子供時代は何をしたかなんてうろ覚えで言われてまずい事があったかどうかすら分からない。

ただ、修斗がわざわざ真昼に言う事となれば確実に何かしらやらかした事だろう。親目線での可愛い笑い話をされたのかもしれないが、周本人からすれば子供の頃の失敗談を話されるのは恥ずかしくて笑い事ではない。

詳細を、と瞳を細めて真昼を見つめると、露骨に視線が逸れた。

「そ、それはその……ですね？」

「何で目をそらすんだよ」

「周くんは可愛い、という事だけはよく分かりました」

答えになっていない返答に、周はこれ見よがしにため息をつく。

「な、なんですか」

「ちゃんと言わない悪い子にはこうだぞ」

側に居た真昼を引き寄せて足の間に座らせる。背中から包むように抱き締めた周は、そのまま真昼のお腹《なか》に触れる。

これには真昼も驚いたらしく、体をよじって周を振り返りつつ見上げた。

「あ、あの、周くん？」

「真昼って割とくすぐりに弱かったよな」

「……ま、待ってください。話し合いましょう」

「真昼が最初から白状してくれたらこうはしなかったぞ」

ゆるりと脇腹《わきばら》に服の上からなぞるように触れると、びくんと実に分かりやすく体が揺れた。

無駄な脂肪は一切《いっさい》ない細身を実感しつつ、滑らかなラインを描く腰を指でゆるゆるとさするだけで「ひっ」と小さく息がこぼれている。

あまりにも反応がよいので、ついついこしょこしょと指をこまめに動かして緩く肌を刺激していく。

なんというか、腕の中で悶《もだ》えられると色々とまずい気分が湧き起こってくるのだが、今更やめられなかった。

「ふっ、ちょ、まっ……ふふっ、周く……」

「つーかほんとにくすぐりに弱くないか真昼」

本当に優しめに触っているのだが、鋭敏らしい真昼は膝《ひざ》を抱えるようにしてぷるぷる震えながらか細く息をこぼしている。

可愛いな、と思えばいいのか、強情な事に呆《あき》れればいいのか。

触れると理性的な意味で危ない場所には触らないようにしつつゆるゆるとくすぐっていると、我慢ならなかったのか急に周の方に体ごと振り返る。

ほんのりと上気した頬にくすぐったさからか潤んだ瞳で睨まれて、色々な意味で心臓が跳ねた。

「あ、周くんの、ばか。ひどいです」

「すぐに口割ってくれたらこうはならなかったぞ？」

「べ、別に大した事は話していません。周くんが小さい頃に自転車で電柱に正面衝突して大泣きした話とか母の日に志保子さんに『おかーたんだいすき』ってべたべたした話とか修斗さんみたいにかっこよくなりたくて勝手にワックス使ってトゲトゲヘアーにした話ぐらいしかしてません」

「最悪の漏洩《ろうえい》だ！」

自分の記憶にないような恥ずかしい話をされていたと発覚して、思わず掌で顔を押さえる。

子供の頃の話はすると思っていたが、そういった恥でしかない話ばかりするとはどういった了見なのか問い詰めたいくらいだ。

親からしてみれば微笑ましい話なのかもしれないが、本人からすれば黒歴史である。

「か、可愛いと思いましたよ?」

「褒めてない。その話は忘れろ」

「……周くんがくすぐるから忘れません」

くすぐらなくても記憶に刻み付けるだろ、とは思ったものの、微妙に拗ねたような響きの言葉に周は流石にやり過ぎたかもしれないと反省して、真昼の背中に優しく手を回す。

「はいはいごめんって」

「……次くすぐったら周くんの耳元で教えてもらったお話を囁《ささや》きますからね」

「精神攻撃はやめろよ……分かった分かった。ごめんな」

抱き締めて宥《なだ》めるように撫《な》でると、真昼は周の腕に素直に収まって周の肩口に顔を埋めた。

「真昼ちゃん、お風呂《ふろ》先に入ってらっしゃい」

夕食後の団欒《だんらん》を経てそろそろ入浴時間になったという時に、志保子は周の隣に座ってテレビを見ていた真昼に切り出した。

「私は後でも……」

「お客様なんだから遠慮しちゃダメよ？　一人で入るのが嫌なら、今なら周も貸し出すわよ」

「何馬鹿な事言ってるんだよ」

にっこりとした笑顔でとんでもない発言をしている志保子に自然と眉が寄る。

周を貸し出す、というのはつまり周と一緒に入浴するか、という事で、まず真昼が承諾するとは思えない。この間の水着姿であっぷあっぷだったというのに、全裸なんてまず考えられないだろう。

案の定、真昼は顔を真っ赤《まか》にしている。

視線が周をちらりとなぞり、それから更に顔を上気させている。恐らく周の体を想像して余計に恥ずかしくなったに違いない。

周も深く想像したら恥ずかしさに悶《もだ》えそうになるので、あまり考えないスタンスでいなくてはならなかった。

「さ、さすがに、その、裸は……」

「あら、タオル余分に用意しましょうか？」

「け、結構です……」

「あらあら。別に恥ずかしがらなくていいのよ？　私と修斗さんはしょっちゅう入ってるし」

「そ、それは……」

「真昼、あんま真に受けんな。まあ父さん母さんは二人で入る事が多いと言えば多いけど、俺達までそうしなくていいから」

志保子はからかいだけで提案しているという訳ではない。

両親はいつでも仲睦《なかむつ》まじい。一緒に出歩けば必ず手を繋ぎ微笑み合い、寝る時も同じベッドという徹底ぶり。

どこからどう見ても相思相愛の二人は、息子からしてみればやや恥ずかしいがこの辺りでは有名なおしどり夫婦だ。

夫婦円満には二人で過ごす事が欠かせない、と一緒に入浴する二人なので、志保子的には別にからかいというよりは仲良くするためにという提案に近いのだろう。

(どちらにせよ俺らには余計なお世話だが)

お湯を赤色に染めかねない周としては、一緒の入浴はきつい。

「あら青少年、それでいいのかしら」

「いいも何も、実家でそんな事してたまるか」

「向こうではする事も視野に入れているって聞こえるけどねえ」

「……そこは真昼と要相談だ」

要相談が便利な言葉というのは先日のプールで真昼が発言していて痛感していた。

真昼が恥ずかしそうに視線を泳がせているのは見えたが、本心として入りたくないとはとても言えないので誤魔化しておくしかない。

正直、青少年としては恥ずかしいと分かっているしお互い色々な理由でしにかけると分かっていても、ちょっぴり憧《あこが》れがあった。恐らくする事はないだろうが。

話をにこにこと聞いていた修斗は、周のひきつった顔を見て僅《わず》かに苦笑の形に唇を歪《ゆが》める。

「志保子さん、あまり二人をからかわない」

「はぁい」

修斗にかかれば志保子もあっさりと大人しくなるので、本当に修斗には感謝しきりである。

「ほら、母さんなんかほっといて入ってこい」

「は、はい。お風呂いただきますね」

「つれない子ねえ周は。じゃあいってらっしゃいね真昼ちゃん」

いつまでも引き留めそうな志保子を抑えるように真昼を送り出して、周はリビングに戻る。

一気に疲れたような顔をした周に、修斗はくすくすと穏やかな笑みを浮かべた。

真昼がお風呂から帰ってくれれば、今度は周の番である。

単純に両親は二人で入るし浴槽《よくそう》で仲良くいちゃいちゃするため、周がさっさと入らなければならない。

すれ違った湯上がりの真昼にドキリとしつつ、周も手早く入浴する。

浴槽に長く浸《つ》かっていられなかったのは、つい「真昼と同じ湯に入ったのか……」と考えてのたうち回ってのぼせかけたせいであったりする。

周が上がれば両親も入れ替わりに浴室に向かったので、リビングで真昼と二人きりの状態だった。

「な、仲睦まじいですね」

志保子の腰を抱いて浴室に行った修斗の背中を見届けた真昼が、思わずといった声で呟《つぶや》く。

「俺が物心ついた時からあんなんだったからなあ。慣れっこだよ」

「……いいご家族だと思いますよ」

「そりゃどうも。たまに胸焼けするけどな」

「ふふ」

胸の辺りをさすってベロを出してみせると、真昼はくすくすと口許を抑えて控えめに笑う。

「……聞くけど、ここで過ごすの大丈夫そうか？　疲れないか？」

「大丈夫ですよ。お二方、とてもよくしてくださいますし……その、本当の娘のように接していただいて……」

「まあうちの両親娘欲しがってたからなあ。こんな可愛くていい子がやってきたなら可愛がりたくなるだろ」

「は、はい」

真昼の存在は彼らには非常に快く受け入れられている。

　勿論真昼の性格のよさが一番の要因であるし、真昼だからこそあんなに志保子が気に入って構っているのだ。

　真昼は可愛いという言葉に照れたのかうっすらと頰に赤色をつけている。

「なんならうちの親に甘えてくれても構わないんだぞ。うちの親、俺がでかくなってから甘やかす事に飢えてるから。欲しいものとか連れていってほしいところがあったらねだっとけよ?」

　両親、特に志保子なら真昼が何か希望したら満面の笑顔で叶《かな》えそうである。

「さ、さすがにそういうおねだりは。……でも」

「でも?」

「み、みんなでお出かけは、したいなって……」

　家族とお出かけに憧れてるので、と吐息にすらかき消されそうな、本当に小さくか細い声で付け足された言葉に、周は一瞬胸が締め付けられた。

　家族との折り合いが悪い真昼にとって、志保子と修斗とのふれあいは擬似的な家族のように思えるのだろう。

　いっそ本当にそうしてしまえたらと思うが、それはまだ周の独断では決める事が出来ないので、口にはしない。

「そっか。母さんに言っとくよ。つっても、行く場所とか分かんないだろうから母さんが好きに決めると思うけど」

だからこそ、周はそれには触れず家族で真昼と一緒に過ごすと決めた。

「どっかレジャー施設とかショッピングモールとかかなあやっぱ。行きたい所とかあるんだったら希望しておかないと変な所に連れていかれるぞ？」

「ふふ、周くんやお二方と行くならどこへでも」

「そう言ってたら妙な所に連れていくんだぞ母さん……」

周の言葉に楽しそうに笑う真昼に周はひっそりと安堵《あんど》して、昔あった珍妙な外出先を口にして真昼の笑顔を更に引き出すのだった。

移動に疲れていたのか、両親達の言動に疲れていたのか、起きたら朝とはあまり言えないような時間だった。具体的に言うなら、一時間もすれば正午になる。

起き上がっていつの間にか床に落としていたタオルケットを拾い上げて畳みつつ、くぁ、と大きなあくびを一つ落とす。

（……今日はまだ予定いれてなかったよな）

真昼《まひる》の希望で四人で出かけたいというものがあったが、まだそれは両親には伝えていないし、帰省して数日は体を休めるために家に居るつもりだった。

だから昼近くに起きても問題はないのだが、夏休みといえどだらけすぎている気もする。

のそりと起き上がってゆっくり着替え、身仕度を済ませてリビングにたどり着くと、当たり前だが既に真昼は居て修斗や志保子《しほこ》と一緒にテーブルを囲んでいる。

何やら大きな本のようなものを覗《のぞ》き込んでいた真昼は、瞳《ひとみ》を僅《わず》かにきらきらさせていた。

「おはよう。何見てるんだ」

「あ、おはようございます」

眠気なんて欠片《かけら》も見当たらない表情で朝の挨拶《あいさつ》を済ませた真昼は、またそれに視線を落とす。

何なんだと周《あまね》も同じように視線を落として、それから掌《てのひら》で顔を押さえた。

「……あのさあ、本人抜きになんでアルバム見てるんだよ……」

何やら見覚えのある子供が泥だらけになっている写真を見て、呻《うめ》く。

両親は記念写真を撮る方だし思い出を大切にするタイプなので、アルバムがある事自体はなんらおかしくない。それを真昼に見せているという事が問題なのだ。

大きく開かれたアルバムには、幼い頃の自分の姿が写っている。今と比べれば可愛《かわい》げがあるあどけない自分の、大体何かしらドジをしているところが写真に納められていた。

泥まみれで半べそをかいている自分の姿に舌打ちしたくなりつつ、和気藹々《わきあいあい》といった雰囲気で見せびらかしていた志保子を睨《にら》む。

「え、自分の可愛い写真見たかったの？　それなら早く言ってほしかったわ」

「ちげえよ無断で見せんなって言ってるんだよ」

「……見ては駄目でしたか？」

「駄目じゃないけど、こう、恥ずかしいだろ」

「可愛いですよ」

「男に可愛いは褒め言葉じゃないからな」

カッコいいとかならまだしも可愛いは間違いなく褒め言葉ではない。

子供のいとけなさが可愛らしいという意味だとは分かっていても、嬉《うれ》しいものではない。

ぷいとそっぽを向けばきっちり三人分の笑う気配がした。

「あらいいじゃない。真昼ちゃんは周に夢中よ？」

「それ絶対微笑《ほほえ》ましいという意味でだからな」

「い、今の周くんあっての、ですから」

「椎名《しいな》さんは本当に周が好きだねえ。親としてはこんなしっかりした子が周の側に居てくれて嬉しいけども」

修斗の言葉に視界の隅で真昼が瞳を伏せて縮こまっていた。

恐らく褒められて恥ずかしがっているのだろうが、知らない間に黒歴史を暴露された挙げ句ドジをしている写真ばかり見られているこちらの方が羞恥《しゅうち》は上である。

不服だと示すようにどっかりとソファに腰かけた周に、両親二人の笑みが向けられる。

「拗《す》ねないの。どんな周でも受け入れてくれるいい子が側に居てくれるってのは事実だろう？」

「……それはそうだが」

「まあ、少し悲しいのは私達に報告がなかった事かなあ」

「うっ」

志保子づたいに聞いたのか、真昼から直接聞いたのかは分からないが、修斗も周が真昼と交際しだした事を知っているようだ。

「……いちいち付き合ったとか言うのは恥ずかしいだろうが」

「それでも言ってほしかったんだけどね。まあ察してたけど」

「だって周が女の子を実家に連れてくる時点でねえ。そもそもあなた達分かりやすかったし」

「うるせえ付き合ってるよ悪いか！」

「素直じゃないわねえほんと。こんな子でいいのかしら、真昼ちゃん」

「その、周くんは照れ屋さんなので……そんな周くんも好きですから」

「あらあらまあまあ」

「仲睦《なかむつ》まじくて安心だね」

微笑ましそうに真昼を眺めつつこちらにも同じような視線を投げてくる両親に、周の疲弊度は高まるばかり。もう反応する気も起きなかった。

（……実家なのにすげえアウェーだ）

両親の性格上こうなるのは予想していたが、やはり息子としては非常に居たたまれないし居心地が悪かった。実の息子より真昼の方が歓迎されているし馴染《なじ》んでいるので、精神的に安らげない。

はー、とため息をついて、やけくそ気味にアルバムを膝《ひざ》に載せてめくる。

真昼が楽しそうに見ていた写真達は、やはり周の失敗をおさめたものが多い。単純に記念で撮っているものもあるが、子供特有のやらかしを撮影したものの方が多い。

女装写真なんかもあってげんなりしてくる。

成長が遅かった中学生の半ばまではどちらかと言えば幼い顔立ちをしていたので、志保子に遊びで女性ものの服を着せられる事があった。

二年生からぐんと身長が伸びたのでそうはいかなくなったが、陰で女顔と言われていたのを聞いたのは苦い思い出である。

（……なつかしいな）

かつて周と親しくして、袂《たもと》を分かった彼らの事も、自然と思い浮かぶ。

彼らを避けるように地元を離れたが、今ではよくも悪くも、過去の事と割りきっている。感傷に浸るつもりもない。

ただ、地元で進学した彼らにもしかしたら会うかもしれないのはやや嫌だな、と思うくらいだ。

煩《わずら》わしい思いを断ち切るようにぱたりとアルバムを閉じて顔を上げると、真昼がこちらを窺《うかが》っているのが見えた。

「……あ、あの、怒ってますか……？」

「何でそうなったんだよ。単に懐かしいなって思ってただけだから」

機嫌悪そうに見えて不安だったらしい真昼に肩を竦《すく》めて、アルバムをテーブルに戻した。

真昼に心配をかける訳にもいかないし、両親の生暖かい眼差《まなざ》しを受けるのは癪《しゃく》であるがそっと手を伸ばして頭を撫《な》でておく。

一度大きく瞳を開けるが、すぐにへにゃりと細まって心地よさそうに緩《ゆる》む。

案の定志保子は微笑ましそうにしていたが無視して、不安げな真昼を宥《なだ》めるように優しく頭を撫でた。


帰省して三日目、真昼がすっかり我が家に馴染んでいた。

「あら真昼ちゃん、上手ねえ」

キッチンでエプロンを身に付けた三人が仲良さげに何やらお菓子を作っている。周は戦力外な上に誘われてすらいないので、リビングで一人彼女達の様子を遠目に眺めるしかなかった。

折角遠いところから来たという事で、志保子と修斗は真昼に事あるごとに構っている。息子より真昼の方が優先らしく、それはもう嬉々として一緒に過ごしていた。

可愛くて素直でいい子な息子の彼女を可愛がる気持ちは分からなくもないが、肝心の息子は放置。

別に用もないのに構われたいとは思わないが、ここまで放置されるとなんとも複雑な心境にならざるを得ない。

真昼は志保子や修斗に話しかけられ可愛がられて嬉しそうにしているのは、もちろん嬉しい。

仲のよい家族に憧《あこが》れを持っている真昼がこうして擬似的ながら家族を味わえるのなら、自分が多少蔑《ないがし》ろにされてもよかった。

少しだけ困るのは、両親が真昼に構うあまり周が真昼と過ごす時間が少なくなっている事だろう。

（別に、帰ったら一緒に居るからいいんだけどさ）

今の家に帰ったらまた真昼と二人きりの時間が戻ってくると分かってはいるが、それはそれ

としてやはり複雑だった。

とりあえず今のところ真昼も二人と話す事に夢中だし、両親も真昼に構う事に忙しいので、

居心地の悪さから逃れるようにリビングを出て部屋に戻る。

折り畳み机の前に胡座《あぐら》をかき、持ってきた参考書を開いた。

やる事もないし、部屋にあった娯楽の大半を今の家に持って行っているので、これくらいし

か時間を潰《つぶ》せるものはない。どちらにせよ夏期休暇明けのテストが控えているので、順位を保

つためにも勉強は必要だし、元々好きなので苦ではなかった。

非常に学生らしく勉学に励みつつ、静かに時間を潰す。

新しい参考書だろうが楽々と解けるのは日頃《ひごろ》の努力のお陰だろう。両親に言われているし、

なにより真昼の隣に相応《ふさわ》しくなれるように努力は欠かしていないので、その成果が見えている

のだ。

キッチンはさぞ賑《にぎ》やかなんだろうな、と答え合わせの際にぼんやりと思いながら、赤で丸を

つけていく。ケアレスミスはあったもののほぼ正解を導いていてほっとしつつ、静かな空間になくなった筈の居心地の悪さを感じた。

(元々一人で過ごすのが当たり前だったのに、いつから隣に誰《だれ》かが居ないと物足りなくなったんだろうな)

間違いなく、真昼のせいだ。

真昼が居るのが当たり前になってしまったから、こうして一人で居る事に物足りなさを感じるようになっていた。

手慰みに赤のインクがつまったペンをくるくると回しつつ、小さくため息をつく。

参考書なんてすぐに終わってしまう、と本来は喜ぶべき事を嘆くように呟《つぶや》いてペンをシャーペンに持ち替えようとした時、ドアの方から三回ほど硬質な音が響いた。

「周くん」

ノック音の後に聞こえてきたのは、控え目な真昼の声だ。

キッチンで料理していたんじゃないかと思っていたが、時計をちらりと見れば二時間ほど経《た》っていたので料理が終わったようだ。

「どうした」

「いえ、その、いつの間にか居なくなってたから……」

「勉強してただけだよ。暇だったし」

まさか二時間も経っていたとは思わなかったのだが、それだけ集中出来たという事だろう。
いや、ある意味気もそぞろだったが、頭から追い出すために意識的に勉強していた、というのが正しい。

「……そうですか。その、部屋に入ってもいいですか？」

「いいけど、母さん達と話してなくていいのか」

「……今は、周くんとお話ししたいです」

気を使っているのかもしれない。でなければわざわざ周の部屋を訪ねたりしない筈だ。
まだまだ未熟だな、と反省しつつ、追い返す訳もなく「どうぞ」と扉を開けてやる。
開かれた扉の向こうには、トレイを持った真昼がおずおずとした様子でこちらを窺ってる姿があった。

どうやら先ほど作ったとおぼしきシュークリームと、カフェオレが二人分載っている。

「おじゃまします……」

遠慮がちに入るので、こっちとしても微妙に気まずい。
急いで参考書と筆記用具を片付けつつ真昼用にクッションを引っ張り出して置いて、真昼からトレイを受け取って折り畳み机に置いた。
綺麗《きれい》に膨らんだシュークリームは見事なもので、ケーキ屋に置かれていてもいいほどの見かけだ。真昼の事だから味も美味《おい》しいだろう。

「先ほど出来たものです。あまり冷えてないですけど……」

「ん、ありがとな」

わざわざ持ってきてもらってありがたい限りなので素直に礼を言うと、何故《なぜ》か真昼が気まずそうに瞳を伏せた。

「……周くん、怒ったり、してませんか」

「何でだよ」

「ふ、雰囲気がとげとげしてます。近寄りがたいというか」

どうやら見抜かれていたらしい。

ただ、違うのは別に怒ってなどはいないという事だ。複雑な気持ちになったし寂《さび》しさを感じはしたが、怒りというものは全くない。そもそも、両親にも真昼にも悪いところはなく、ただ周が一人で靄《もや》を抱えただけだ。

「別に怒ってる訳じゃないよ。ただ、真昼が取られて寂しかっただけ」

「え、……その、それは……」

「ごめん。真昼が母さん達と過ごすのが楽しいのは分かってるんだよ。俺《おれ》が勝手に拗ねてるだけだよ」

我ながら子供らしいな、と笑って肩を竦め、注《そそ》いできてくれたカフェオレを一口飲む。

真昼が家族に飢えている事なんて分かりきっているのだから、微笑ましく見守っておけばよかったのに、居場所がないと逃げてきた自分が悪い。

真昼が幸せならそれでいいと思っているが、一人ぽつんと取り残される事が嫌で、こうして自分で一人になる事を選んだのだ。これで不機嫌になるなんて身勝手であり、真昼や両親に当たれる訳がない。

カップを置いて一息ついた周を、真昼は静かに見つめて——胸に、飛び込んだ。

飛び込んだというよりは胸にもたれるように体を寄せてきたのだが、突然のスキンシップに困惑するしかない。

急にどうしたのかと思ったが、とりあえず宥《なだ》めるように背中をぽんぽんと軽く叩《たた》いておくと、真昼がゆっくりと顔をあげまっすぐに周の瞳を見つめた。

「……志保子さん達と過ごすのはもちろん楽しいし幸せですけど、一番は周くんの側に居る事、ですからね」

そう囁《ささや》いて、おずおずといった動作で、周の頬《ほお》に唇を寄せた。

ふに、と微《かす》かな柔らかさを覚えた頃には、真昼の顔は離れていた。

先ほどとは打って変わった赤い頬ととろみを帯びたような潤んだ瞳に、思わず周も真昼の柔らかな頬に口付けを落とした。

（……自分が馬鹿《ばか》みたいだ）

勝手に拗ねていた自分は、大馬鹿者だ。こんなにも、真昼は自分の事を想《おも》ってくれているの

に。

好きだなあ、と改めて思い知らされて、溢《あふ》れんばかりの気持ちを滑らかな頬に表現していく。

頬とはいえ、あまりキスは慣れていない。真昼もそれは同じで、周が唇を触れさせる度にびくびくしていた。

最初は羞恥から逃げそうだったが、周が抱き締めて優しく触れていくと、次第に周に身を任せて心地よさそうに瞳を細めている。

時折真昼が返すように周の頬にはにかみつつまた口付けてくるから、可愛さのあまり思い切り抱き締めかねなかった。

「……なあ真昼」

少しの間頬にキスしあってから、真昼の瞳を覗き込む。

真昼はもう恥じらいも喜びもいっしょくたになったふやけた表情で周を見上げている。

「あのさ。明日、二人で出かけようか。母さん達は仕事だしさ」

「二人で、ですか」

「地元、まだ案内してなかったなって。今住んでるところみたいに何かがある訳じゃないけど」

ただ二人で一緒に居たくて提案したものだが、真昼は目を丸くして、それからキスをしていた時よりも緩んだ笑顔を浮かべる。

「行きます。……その、周くんと二人なら、どこへでも」

「おう」

「今日は、もう少し、こうして居たいです。……志保子さん達も、周くんと過ごしておいでって言ってくれましたし」

「余計なお世話……と言いたいところだけど、見抜かれた俺が至らなかったな」

両親も、周を気にしていたらしい。

余計に自分が馬鹿らしくなって体を震わせるように笑って、真昼をゆっくりと離す。

剝《は》がされた事にショックを受けたような真昼だったが、周がシュークリームを指差して「真昼のお手製のお菓子食べたいから」と囁けば、すぐに照れたように瞳を伏せた。

「……一緒に食べようか」

「はい」

抱き合う代わりに真昼の隣に座って手を握れば、温かい笑みが浮かんだ。

第14話

過去との邂逅

「今日は二人でお出かけするのよね？」

朝四人で朝食の席についたところで、思い出したように志保子《しほこ》が口にする。

先に出かける事を伝えたのは失敗だったと、微笑《ほほえ》ましそうにしている志保子と修斗《しゅうと》の反応で思い知らされた。

ただ茶化《ちゃか》すつもりはないらしく「家にこもりきりだと退屈でしょうし」とあっさりした態度だった。

「まあ、別にどこかに遊びに行くっていうよりは軽く散歩になるけど」

「まだ外出してなかったので楽しみです」

ここに来てから三日間、真昼《まひる》は初日に修斗と買い出しに行った程度であとは家で過ごしていた。両親が構っていたというのもあるが、不馴《ふな》れな地をうろつく訳にもいかないからだろう。

両親が連れ出すかと思いきや家でまったりする事を選んだので、案内くらいは周《あまね》がしようと思ったのだ。

「ほんとにこの辺公園とかスーパーしかないぞ？　市街地に出れば別だけど出るか？」

「いえ、周くんとお散歩だけでもいいですよ。一緒に歩くだけで、幸せです」

「……そうか」

分かってはいたが、真昼は出かける場所を楽しみにしているのではなくて、お出かけする行為そのもの――もっといえば、周と過ごす時間を楽しみにしてくれているようで、その想いが周の胸にじわりと熱を滲《にじ》ませた。

表情からも純粋に周と共に居るだけで満足だと伝わってくるので、嬉《うれ》しいやら気恥ずかしいやらで視線が若干下辺りをさまよってしまう。

「なんというか、既に恋人通り越してるよねぇ」

「私達の若い頃もあんな風だったわよね」

「いや、志保子さんは椎名《しいな》さんみたいに落ち着いてなかったよ?」

「あら手厳しい」

「そんな志保子さんが可愛《かわい》かったんだけどね」

「まあ」

照れる志保子とナチュラルに褒める修斗に、朝から熱いなあという感想を抱きつつ放置して、志保子作のオムレツを頬張《ほおば》る。

普通に美味《おい》しいが、やはり真昼の料理がいいと思ってしまうのは、料理の腕以上に真昼の料理だからであろう。真昼の料理にすっかり親しんでしまった周には、志保子の料理では少し物足りないと思ってしまうのだ。

また今度朝ご飯をお願いしよう、と考えつつ真昼を見てみたら、真昼は憧憬《しょうけい》と羨望《せんぼう》と爪《つめ》の先ほどの羞恥《しゅうち》を混ぜ込んだような眼差《まなざ》しで両親を見ている。

何を考えているのかは何となく分かって、少しだけ周も恥ずかしくなった。

（……流石《さすが》にここまでは無理だけど）

それでも、仲の良い、真昼の思い描いているものになれたらいいし、なりたいと思っていた。まだ、本人には言えないが。

いつになっても仲睦まじい両親を改めて眺めて、周はいつかの未来を想像してひっそりと頬《ほお》を赤くした。

「じゃあ行こうか」

両親が仕事に出てしばらくして、周はソファに座っていた真昼にそう切り出した。

まだ午前中ではあるが、そう遠出するつもりもなく、ゆったりと近所を散歩する程度なので昼前でも問題ないだろう。昼には家に帰って真昼がカルボナーラを作る予定であるし、そう長くは外に居ないのだ。

「はい。私は準備出来てますから」

「まあ準備っていっても散歩だから大して手荷物とか要らないんだよなあ。……市街地に出るのは、また今度のつもりだし」

「……で、デート、ですか？」

「デートデート。今日は息抜き」

流石にいきなり明日デートしようと言っても女性には準備があるだろうから、今日はあくまでただのお出かけのつもりだ。デートという言葉の意味的にはデートかもしれないが、互いに気合いが違う。

折角なら一日丸々出かけたいし、今日のはただ一緒に歩くだけにしておく。

また今度デートという事に真昼は喜びを隠しきれていない。ふにゃっとご満悦そうな笑みが浮かんでいる。

「デート、楽しみにしてます」

「ん。プラン考えておくからほどほどに楽しみにしておいてくれ」

「周くんと一緒ならどこでもいいって言いましたけどね」

「知ってるけど、折角ならもっと喜んでもらえるところがいいだろ」

真昼が一緒に居るだけで満足するというのは本人も言っているし表情からも窺《うかが》えるが、それはそれとして喜ばせたいのが彼氏としての気持ちである。

「ま、来週の話だな。今は普通に散歩しようか」

「はい」

手を差し出せば当たり前のように握られる。

それが面映《おもは》ゆくて、小さく笑って気恥ずかしさを誤魔化《ごまか》しつつ手を引いて家から出た。

一年ほど帰っていなかったとはいえ、そうそう自宅周辺が変わる訳でもなく、やや懐かしい気持ちになりつつ見慣れていた道を歩く。

その間も手を繋《つな》いでいるのだが、休みの学生と思わしき少年少女達が通りすがる度に羨《うらや》ましそうに真昼を見るので、少しおかしくて笑ってしまう。

それだけ真昼が美人という証左なのでよい事ではあるのだが、惹《ひ》き付けられている人の多さが面白《おもしろ》かった。

「何で笑っているのですか」

「ん？　真昼は美人だからなあ。人目を惹くな、と」

「周くん以外に見惚《みと》れられてもどうしようもないですけど」

「俺《おれ》が見惚れたら？」

「……好きなだけ見せてあげますよ？」

からかうように悪戯《いたずら》っぽく笑んだ真昼に「じゃあ家で存分に見ないとなあ」と周も笑い、手を引いて近くの公園に入る。

この公園は比較的広いし自然も多いので、近所の人間の憩いの場となっている。

大きめの砂場では子供達がきゃーきゃー高い声を上げて砂遊びをしているし、ジャングルジムに併設された滑り台では順番に滑って遊んでいた。親達は近くのベンチで見守っていたり、子供達と一緒になって遊んでいる。

何とも日常的で微笑ましい光景に、二人して小さく笑う。

「みんな元気ですね」

「俺らそんな元気ないからなあ。もうあんな風に走り回れないわ」

「周くんそもそも走るの好きじゃないでしょう」

「いや、走るのは普通だぞ。体育でペース決められて走らされるのが嫌いなだけだ」

体育が嫌いな人間あるあるだが、体を動かすのは嫌いでなくても人目があったり決められた動きを要求されるのが嫌いという人が居る。周もそのタイプで、自分一人で好きなペースで運動するのは比較的好きだ。体育が嫌なだけで運動そのものはそこまで嫌いではない。

「じゃあ子供達に混ざって遊んできます?」

「不審者の出来上がりじゃねえか。それに、真昼置いていきはしないさ。真昼、スカートだから走れないししゃがめないだろ」

「そうですね。……でも、ちょっといいなあって思いますよ。私、小さい頃ああやって遊んだ事ないので……」

基本的には一人で庭で遊んでいたので、と小さく付け足した真昼に、周は小さな手を改めて握る。

「……今は流石に遊べないけどさ。その、何だ。……いつか、遊ぶ機会が出来たらと思うよ」

「え？　は、はい……？」

よく分かっていない風な真昼だが、周としては残念な反面まだ気付かなくてもいいと思っている。

また、高校を卒業する時にはちゃんと言うつもりなので、今は気付かないでもいい。ゆっくりと、真昼に家族について考えてもらえばいい。

おそらく、断られる事はない、と思う。

首を傾《かし》げた真昼に笑って誤魔化して、周は優しく手を引いて公園をゆっくりと歩く。

なるべく日陰をゆっくり歩きつつ、花壇に咲いた花を眺めたり、木々の隙間《すきま》から通り抜ける爽《さわ》やかな風を楽しんだり、非常にゆったりとした時間を過ごす。

時折散歩していたらしい実家の近所の奥様に話しかけられて「あらーあの藤宮《ふじみや》の坊《ぼっ》ちゃんが」とにやにやした笑みで見られたり祝福されたりしたが、嫌という訳ではなくこそばゆさが強かった。

そんなこんなの内に大分歩いたので、二人は休憩がてら自動販売機で飲み物を買って、木陰のベンチで落ち着く。

「そういえば、真昼はもうすっかりうちに慣れたよな」

スポーツ飲料を飲んで一息ついたところで真昼に聞いてみれば、唐突な話題にぱちりとカラメル色の瞳《ひとみ》が瞬いて、それから緩《ゆる》んだ。

「そうですね、ありがたい限りです」

「むしろ俺より馴染《なじ》んでる」

「そ、そうですか？」

「馴染んでる馴染んでる。最早実家レベル」

藤宮家に元々居たと言われてもしっくりくるくらいに真昼は藤宮家に馴染んでいるし可愛がられている。もちろん、家族三人がかりで可愛がっているのだが。

周を抜いても両親が目に入れても痛くないというレベルで可愛がっているので、真昼は安心して過ごしているようだ。

「うちに来て楽しんでるか？」

「はい。ふふ、ほんと藤宮家に来て楽しい事ばかりですよ。修斗さんも志保子さんも、よくしてくださいますし」

「俺より可愛がられてるからな」

「周くん、拗《す》ねちゃ駄目ですよ」

「拗ねてない。真昼が居るし」

「……はい」

いずれは、藤宮家を構成する一部になってもらえたら、なんて思っている身としては、周の放置され具合はともかく真昼が快く受け入れられている状態は喜ばしいものだった。

そもそも、真昼が居たらそれでいいし、真昼が周の腕の中に戻ってくるのは見えているので、志保子達に構われようが問題はない。二人の時間が少なくなるのは、やや複雑ではあるが、向こうに帰れば真昼を独り占め出来るのだ。

真昼は周の言葉に照れたようで周の二の腕に額をくっつけて顔を隠していて、そんなしぐさも可愛いなあと頭を撫《な》でようとする。

「……藤宮？」

かけられた声に、撫でようとした手が止まる。

気付けば、近くに人の気配があった。二人で話す事に夢中になっていたから、人の接近に気が付かなかったのだ。

（そうだよな、地元に帰ってきたなら、会う可能性だってあったんだ）

一時期は、本当に思い出すのも嫌で、夢に見るまで忌避した存在。地元から離れた周とは一度は縁が切れたが、何かの拍子で顔を合わせる事だって考えられたのだ。

心の片隅では、もしかしたら会うかもしれないと思っていた。

そんな不安を頭から追い出せていたのは、隣に真昼が居たお陰だろう。

一度息を吐いて、動きを止めた周が手を下ろし声のした方を向けば——ある意味で、懐かしさを感じさせる男の姿があった。

第15話　過去との決別

「マジで藤宮《ふじみや》かよ。名前聞かなきゃ一瞬誰《だれ》か分からなかったぜ」

かつての友人であり、今はもう友としては見ていない彼……東城《とうじょう》は、周《あまね》が最後に彼の顔を見た中学卒業からそう変わっていない容姿と様子で、周を見ている。

周は逆に彼から距離を取った二年強で顔つきや心持ちが変わっていて、今は外行きの髪型や服装をしているからパッと見では分からなかったのだろう。

昔の周しか知らない人が今の周をイコールで結び付けるのは難しいと、真昼《まひる》との仲を明かした時に実感しているので、東城の反応に戸惑う事はない。

相変わらずの軽薄さが窺《うかが》える笑みは、同じチャラい系の筈である樹《いつき》とは似ても似つかない。

樹は確かにやや軽薄でひょうきんではあるものの爽《さわ》やかな好青年といった風に見えるが、彼は不良タイプのチャラさがある。

周の無反応っぷりに東城は僅《わず》かに不愉快そうに眉《まゆ》を寄せたが、すぐににやりと笑みを浮かべる。

「久しぶりだなあ藤宮」

「そうだな」

「実家から離れたんだっけ。今帰ってきたのか」

「夏休みだからな、帰省くらいするさ。元気そうで何よりだな」

思ったよりも普通に返せたのは、驚きこそしたが動揺はしていないからだろう。

周はもう、心の整理はついていた。

彼らは地元に住んでいるのだから居て当たり前だし、こうして出会ったのはただの偶然。それに、今は彼らの側に居なければ関《かか》わりもないただの他人なのだから。

昔を思い出すと一滴の蟠《わだかま》りが胸に落ちるが、隣に居る真昼の温《ぬく》もりを感じればすぐに清められて混ざって消える。

「その子、どうしたの。まさか引っかけたのか？」

「それこそまさかだろ。彼女だよ」

「ふーん」

真昼を値踏みするような眼差《まなざ》しで見た東城は彼女という言葉に面白《おもしろ》くなさそうな顔をしていた。

仲がよかった頃に時折見せていた表情だが、今ならこの表情の理由が分かる。

それは、自分にないものを相手が持っている時に、彼が浮かべる顔だった。

「いっちょまえに女連れて。あんなに泣き虫で可愛《かわい》い顔してたのに男になったなあ」

揶揄《やゆ》するような口振りで笑った東城だが、周はなんとも思わなかった。傷付くかと思っていたのに、何も感じない。そよ風が吹いたか、程度のもので、痛みすらしなかった。むしろ隣の真昼が馬鹿《ばか》にされて怒っていないか心配だった。

ちらりとみれば真昼は目をしばたかせている。

それから、にっこりと微笑《ほほえ》んだ。

真昼の笑みには幾つか種類があるが、今この時浮かべているものが何なのか、深く付き合いがある周でも分からない。先日の体育祭で周を軽く貶《けな》された時やプールでナンパしてきた男に向けるものとも違う、感情の読めない笑みだ。

その笑みが果たして安心していいものなのか分からず、真昼の反応に不安を覚えていたら、東城はにんまりと笑みを浮かべる。

「彼女さんは知ってるのか？　今は多少マシな顔になったけど、昔は女顔でからかわれて半泣きになってたの」

「なんとも懐かしいな」

悪意のある言葉も、何ら響かなかった。

隣に真昼が居て手を握ってくれているのもあるが、東城と相対して思ったのは、ただただ懐かしく、そしてこんなにも彼は普通の男だったのだ、という事だ。

昔は上背も体格も彼が勝っていた。ハキハキとしていて明るく、意見をきっちりという男。

友達も多かった。

そんな、自分より勝っている人間に悪意を向けられて恐ろしかったし、裏で口汚く罵《のの》しられた事に、裏切られた事にひどく苦しんだ。

今は、心が凪《な》いでいる。どうでもいい、とは違うが、そんな事もあったな、と落ち着いていた。あの時の事を思い出しても、当時のように震える事なんてあり得ない。

周の膜を隔てたような薄い反応が気に食わなかったのか、東城はやや頬《ほお》を赤くして視線を鋭くする。

「随分と余裕そうだなあ。……彼女さんは何でこんなヤツに価値を見いだしてんの？　家しか取り柄ないヤツじゃん。昔のダサい姿とか知ってんのか？」

今度は会話の相手を真昼に変えたようだが、真昼は変わらない穏やかな微笑みをたたえていた。

「私は、周くんから全部聞いてますよ。まあ可愛い顔云々は知りませんでしたけど……」

「写真見たがるから言わなかったんだよ」

「ふふ、もう見ちゃいましたけどね」

可愛かったです、と小声で付け足されて、つい不満げに見れば今度は素の笑みが一瞬浮かんだ。すぐに、天使のような微笑みに戻るが。

真昼の笑みに一瞬固まった東城に、周は小さく笑う。

「別に好きに言ってくれて構わない。お前の感じ方だからな。俺《おれ》はもう何とも思わないし、彼女も俺の事を悪く言われたところで気持ちが変わる事はないって自信があるよ」

今の周には、東城を恐れる事などない。好きになって支え合う相手が居るから。もう、周にとっては通り過ぎた過去であり、癒《い》えた傷だからだ。

隣に最愛の少女が居るのだ、恐れる事なんて何一つない。

「あの時の事は、俺にはもう過ぎた事でしかないんだよ、東城」

だから、もう何を言われても、傷付かない――そういう意味を込めて静かな瞳《ひとみ》で東城を見ると、周の凪いだ態度に苛立《いらだ》ったらしい東城が眦《まなじり》を吊り上げた。ただ、口を開く前に真昼が口を開いた。

「……そういえば、価値があるか、って話でしたね」

隣に立つ彼女は、まっすぐに背を伸ばして、東城を見つめる。見惚《みほ》れるほどに凛《りん》とした態度に、東城が僅かにたじろいだ。

冷たいというよりは温度のない、あまりにも静かで研ぎ澄まされた怜悧《れいり》な眼差しは、ただ静かに東城を捉《とら》えている。

「あなたはお金だけで付き合う相手を選ぶのですか？　利用価値の有無で友人を選ぶのですか？　そんな選び方では、あなたが求めるものは何一つ手に入りませんし、満たされる事はないと思いますよ」

「な……っ」

「お金があっても、私は真に満たされた事はありません。……お金があっても、ずっと心は寒いままでした」

そっと胸に手を当てて静かに呟《つぶや》いた真昼に、胸がきゅっと締め付けられる。

真昼は、家柄的には恵まれているのだろう。ハウスキーパーを雇えるほどには裕福な家庭だろうし、持ち物自体の質もいい。親からお金だけは渡されていたと語っていた。

だからこそ、真昼はお金という価値をそこまで重要視していない。お金よりも、人との温《ぬく》もりを取る。

東城の存在には傷付かなかったのに真昼の境遇を考えれば胸が痛むのは、それだけ東城の存在が周から抜けているからだろう。

「私は周くんと会って初めて、幸せで心が満たされたのです。……その人の価値は、お金で決まるものでも、見た目で決まるものでもありません。内側にあるもので決まるのです。私は、その人の価値を外的要因で決めようとは思いません」

きっぱりと言い切った真昼は、東城を哀れむでも拒絶するでもなく、ひたすらに凪いだ瞳で彼を映している。

「あなたにとってお金以外が無価値ならそれでもいいでしょう。人の価値観を否定するつもりはありません。私にとって、周くんは誰よりも価値のある人って周くんに分かってもらえれば、それでいいですから」

天使の笑みが、本来の真昼の笑みに変わって、周に向けられる。

それだけで、もうよかった。

「もういいよ、真昼」

「でも」

「いや、なんか聞いててめちゃくちゃ恥ずかしくなるから……嬉《うれ》しいけどな。そういうのは、二人きりの時に言ってくれたらいいから」

「……はい」

止めなければ、おそらく真昼は周のいいところを語ってくれただろうし、いかに周が好きかという事も言ってくれただろう。

しかし、それは真昼のとろけるような笑顔を彼に見せるという事で、それは彼には勿体《もったい》ないと思ったのだ。周にとって、もう東城は他人で、交わる事のない人間なのだから。

「ありがとな」

小さく囁《ささや》いて、立ち上がって真昼を隠すように出る。

同じ位置に立ってしまえば、より東城とその周囲の人達との出来事が、遠いものに思える。

昔はあれだけ眩《まぶ》しくて巨大な、恐ろしい存在に見えていたが、身も心も成長した実感のある周には、もう恐れるものではなかった。

もう彼を見上げる事はない。背筋を伸ばして真っ直《ま》ぐ《す》に彼を見れば、視線を下げて見る事になるし、彼が眼差しを向けてきてもちっとも震えなかった。

「東城」

「な、なんだよ」

静かな声で呼べば、うろたえたような返事があった。

(……本当に、通りすぎたんだな)

彼の様子に何とも思わないのは、先に言った通りもう既に過去のものだと割りきっているからだろう。

東城と相対する事を恐れて地元を離れた時からは想像が出来ないくらいに、落ち着いていた。後ろに居る真昼も、周の雰囲気を感じて止める事はしていない。

(もう、けじめをつけるべきだろう)

見ぬ振りをして来た過去にも、過去の象徴でもある東城にも、傷付いた弱い自分にも。

帰ってきた事はある意味運命だったのかもしれない。今の自分を形作った過去を昇華する機会をくれたのだから。

東城は落ち着き払った周に反してうろたえており、何を言われるのかと窺うような様子だった。

そんな東城の様子に、周は小さく笑う。

「俺は、今では割とお前に感謝してるよ。利用されていたし袂《たもと》を分かったけど、それでもあの時は楽しかったし、当時の俺には救いだった」

周は、別に彼に恨み言を言うつもりはなかった。

あの時は傷付いたし、苦しかったが、今となってはそれも一種の経験だと受け入れられる。あの時の事があったからこそ、今の周が形成されたのだ。

周は今の自分が好きだし、今の自分になったからこそ真昼と出会って親交を深められた。

「だから、結果的にお前達との付き合いがあってよかったと思ってるよ。こうして彼女とも会えたし、むしろ利用してくれてお互いによかったんだ。傷付きはしたけど、俺は多分あの時の事を乗り越えられたから大きくなれた。得難《えがた》いものを得られたのは、お前達のお陰だよ」

ある意味では、彼やここに居ないかつての友人は、周を真昼と出会わせた立役者だろう。

もう、それ以上でもそれ以下でもない。

「ありがとう。……もうお前とはつるむ事はないし話す事もないから、それだけは言っておきたくて」

感謝の言葉は、決別の言葉でもある。

周はもう彼と関わる気がないし、関わる事もない。周が住むのは今通っている学校の地域だし、進学もそこでするつもりだ。学校も違えば住む地域も学ぶものも違う。かつて親交があっただけの、他人だ。

周の本心からの言葉を聞いて雷に打たれたように固まった東城に、背を向ける。

もう、彼へのしこりはほどけて消えていた。

「じゃあ、真昼。帰ろうか」

「はい」

「ん」

真昼の手を取れば、淡いはにかみが浮かぶ。

真昼も、もう東城への関心を捨てて周だけを見ている。

自分しか見ていなさそうな真昼に小さく苦笑して、周は僅かに残っていたかつての友人の興味をなくすように振り返らず公園を後にした。


その日の夜、周はベッドで瞳を閉じて睡魔が訪れるのを待っていたものの一向に訪れず、ただ静かに横たわっていた。

普段なら寝付きはいいのに、今日ばかりは寝ようとしても睡魔の足先すら見えない。妙に目が冴《さ》えているというか、眠くなかった。

どうしてか、と思ったが、おそらく今日東城と出会ったせいかもしれない。

かつての友であり周を苦しめた原因の一人であったが、もう彼らに対するわだかまりもしこりも胸に一欠片《ひとかけら》もなかった。

出会ってすっきりしたというか、少し感慨深さすら感じている。

自分が真昼と出会って過ごして、いかに支えられてきたか、そして成長したかを実感して、何とも言えない達成感を覚えた。

（……父さんの勧め通り、地元から出てよかったな）

地元に居たままでは、真に乗り越える事も成長する事もなかっただろう。痛みを見ない振りして、誤魔化《ごまか》して生きて行く事になっていた筈だ。

それもこれも全《すべ》て真昼や樹達のお陰だ、と感謝の気持ちと乗り越えたという事実に対する心地よさが胸にある。

ただ、このままでは眠れそうにないので、気分転換に外の空気でも吸おうと体を起こしスリッパを履《は》いてベランダに出た。

窓を開けた途端にむわりとした、冷房を浴びていた身には些《いささ》か不快な空気が迎え入れてくれる。夜とはいえ、連日熱帯夜なので暑いのも仕方ない。

それでも、外の空気は澄んでいたし、周囲は住宅街で繁華街のように灯りに阻害される事なく星も綺麗《きれい》に見える。眠たくなるまでの時間と退屈潰《つぶ》しには充分だろう。

柵に体を預けながら静かな空間と星々の煌《きら》めきを堪能していると、不意に窓のサッシが擦れる音がした。

自分の部屋からではなく、ベランダで繋《つな》がったもう一部屋から聞こえた音に振り返れば、ワンピース型の寝間着をまとった真昼がこちらを窺うように半身を覗《のぞ》かせている。

「……真昼、まだ起きてたのか」

まさか起きていたとは思わなかった。

夜も更け家族が寝静まった頃、それに真昼は規則正しい生活をしているので日付変更前には寝ると言っていたので、起きていて、しかもベランダに出てくるとは想定外である。

「何だか眠れなくて。……周くんこそ、まだ寝てないんですね」

「ん。……色々あったしな」

「……そうですね」

真昼もベランダに出つつ色々、という言葉に瞳を僅かに伏せたので、周は「ああ違うんだ」と苦笑。

「別に引きずってる訳じゃないんだぞ？　ただ、俺も成長したなって感慨に浸ってたのが大きいのかも」

真昼が一瞬心配した事は杞憂《きゆう》だ。

周はもう彼に何も思っていないし、ただ自分がどう変わったかを感じていただけでそこに彼の面影がちらつく事はない。もう彼に脅かされる事はない。

笑うように告げた周に真昼は安堵《あんど》はしたようで、小さな笑みが浮かぶ。

「ふふ。……周くんは強くなりましたし、大きくなりましたよ。中学生の頃から身長すごく伸びてるそうですし」

「ん。まあ中一から二十センチ近く伸びてるからな」

「すごいですね」

「だろ」

周は、変わった。背丈もそうだが、この一年で心の有り様や、物事の見方が。

今思えば、愛想が悪くて斜に構えていた生意気な男だと昔の自分を見て思う。彼らのせいでもあるので一概には否定出来ないが、さぞ可愛げがなく絡《から》みづらい男だっただろう。

今の周は、前よりも落ち着いた、と思っている。

その落ち着きの理由が、隣に居る最愛の少女だ。

「周くんの言う通り、周くんは成長しましたよ。心も体も」

「……そうだな」

「自信持ったんでしょう?」

「ああ」

「ならいいです。もし自信がなくなっても、支えてあげますから」

「ありがたい限りだよ、ほんと」

穏やかに笑って隣で柵に手を添えながら空を見上げる真昼に、愛おしさが込み上げてくる。

隣でこうして寄り添って笑ってくれる。側に居て、支えてくれる。励ましてくれる。隣に居る事を望んでくれた得難く尊い存在が、無性に愛おしかった。

「……なあ真昼」

「はい？」

「……触りたい」

「え？」

唐突な言葉に、真昼がゆっくりとこちらを向く。

驚きが大半を占めている表情に、周は自分で言っている事に羞恥《しゅうち》を感じつつも訂正する気はなく、困惑に揺れる真昼の瞳を見つめた。

「……真昼に触れたい気分なんだけど、駄目かな」

無性に彼女に触れたかった。

自分を好いて、慈しんで、支えてくれる彼女の温もりを感じたかった。側に居るという事を噛《か》み締《し》めたかった。

まっすぐに見つめた周に、カラメル色の瞳が揺らぎ、それから恥ずかしげに瞳を伏せる。

「……駄目じゃないです」

小さく返された言葉に、周はまた胸にあたたかいものが増えたのを感じた。

受け入れられた事を噛み締めつつ、真昼に手を伸ばす。

ただ、ベランダで抱き締めるのも躊躇《ためら》われたので、触れた場所は掌《てのひら》。

か細く、それでも周を力強く支えて一緒に歩めるように導いてくれる手を取って、周の自室に誘う。

夜も更けようとしている時間帯なので静かに窓を閉めつつ、真昼をベッドに座らせる。

ソファがなく座らせる場所がここしかなかっただけで他意はなかったのだが、座らせた途端に真昼が体を強張《こわば》らせぎこちなくこちらを見るものだから、つい笑ってしまった。

「何もしないから」

「は、はい」

「期待した？」

「そ、そんな事ある訳ないでしょう」

「それはそれで男心的に複雑なんだけど」

「えっ」

「冗談だよ。……今は、ただ真昼に触れたいだけだから」

一瞬真昼が警戒したような事は、するつもりがない。真昼が受け入れる準備を整えて望んでくれるまでは待つつもりだし、無理強いしてまで手に入れたいとは思っていなかった。

ようやく体から緊張を消した真昼の背にゆっくりと手を回せば、真昼も同じように背中に手を回して抱き締め返してくれる。

柔らかさと嗅《か》ぎ慣れた甘い匂《にお》いと、何とも言えない幸福感が、じんわりと胸を満たす。愛しいと込み上げてくる想《おも》いを改めて実感しつつ、真昼を堪能するように抱き締めた。

腕の中の真昼も心地良さそうに瞳を細めている。

幸せ、と口にはしていないが、ふやけたような笑みを口許に滲《にじ》ませ穏やかな空気を放っているから、きっと真昼も周と同じ気持ちでいてくれるのだろう。

(……好きだなあ)

ずっと胸の奥底で体に熱と幸福感を送り続ける感情は、日に日に存在感を増していく。

これ以上好きになる事なんてないと思っていたのにどんどん深く熱くなっていく想いは、恐らく消えてしまう事はないだろう。両親のように、好きという感情が強くなり穏やかでしなやかで眩《まばゆ》い、愛というものに形を変える事はあっても、儚《はかな》く消える事はない。

そう断言出来るくらいに、彼女を心底愛おしいと思った。

抑えきれない気持ちに、周は自然と真昼の顎《あご》を持ち上げて笑みを形作る艶やかな唇を塞《ふさ》ぐように自分の唇を重ねた。

ぱちり、と至近距離で瞬くカラメル色の瞳。

それから、次の瞬間額に鈍い痛みが訪れて、衝撃で顔が離れた。

じわりと響く痛みに今度は周が瞳を瞬かせる番だった。恐らく痛みを生み出したであろう真昼は、目をこれでもかと揺らがせて分かりやすく困惑している様子を見せている。

「……いてえ」

「ご、ごめんなさい、びっくりして」

「い、いや、俺こそ急にしたし……ごめんな」

驚いて反射的に頭突きされたのは分かっていたし、許可を取らずに口付けたのは自分なので到底責められない。

もう少し堪《こら》えておくべきだったたか、と真昼の反応に後悔をしていたら、真昼は視線をあちらへこちらへ泳がせながら、体を縮めている。

「い、嫌じゃなかったです、から。ただ、本当にびっくりしただけというか……その、……も、もう一度、お願いします。今度は、大丈夫ですから」

恥じらいをたっぷりと震えた声に込めつつも、きゅっと瞳を閉じ顔を上向かせて受け入れ態勢を整えた真昼に、周は小さく笑ってもう一度真昼の唇を奪った。

先程は感触を味わう間もなく頭突きで離されたが、今回は真昼に受け入れられた事に甘えて味わう事が出来る。

自分のものよりも柔らかくて、瑞々《みずみず》しい。

自分の唇がかさついていて真昼に不快な想いをさせていないかと心配になったが、真昼を見た感じは嫌そうではない。ふにふにと唇で食《は》めばくすぐったそうに体を揺らしていて、何とも言えない愛おしさが込み上げてきた。

一度離したが、真昼が可愛いしもう少ししていたいという欲求が我慢を上回ってしまい、また彼女の唇に噛み付く。

小さく「んんっ」と驚きなのか抗議なのか分からない声が聞こえたが、宥《なだ》めるように優しく唇を撫《な》でて啄《ついば》むと収まる。

いや、時折喉《のど》を鳴らして口付けを彩《いろど》っていた。

可愛い、と瞳を細めながら優しく優しく口付けを繰り返して、華奢《きゃしゃ》な体を包み込む。

幾度か唇を食んだ後に今度こそ離してやれば、真昼が周の肩に顔を埋めた。

「……な、何回もするとか聞いてません」

「い、嫌だったか」

「ち、違います。覚悟してなかったというか……その、はずかしい、です、し」

初めてなのに、と小さく囁かれた言葉が別の意味に聞こえてしまって軽く心臓が跳ねた。

「……周くん、ほんとに初めてなんですか。私より余裕があると思うのですけど」

「余裕はないぞ。……その、真昼にキスしたいって気持ちでいっぱいいっぱいで、強引にしたし……」

「い、嫌、では、なかったです。……するって分かってたら、大丈夫です。……も、もっと、してくれて、も」

上目遣いにそう言われて、しないほど周は男を捨てていなかった。

真昼の唇に重ねるものの、今度は真昼のペースに合わせるようにゆっくりと触れ合うだけの口付けに留《とど》める。

代わりに真昼の後頭部を掌で支えて、離さない。

しっとりとした唇を味わうように軽く顔の角度を変えて触れ合う、ただそれだけなのに、心臓がうるさいほど跳ねていた。

「……ふふ」

キスの合間に小さく笑った真昼は、周の胸に手を添えて体を支えながら周を見上げる。

「……周くんを好きになる前まで、キスってして意味あるのかと思ってました。でも、心から好きな人として、すごく幸せな気持ちになるなって」

「……今、幸せ？」

「はい」

「……俺も」

「ふふ、お揃《そろ》いですね」

恥じらいつつも屈託《くったく》のない笑みを浮かべた真昼にもう一度キスしてほんのり甘さを感じる唇を味わっていると、真昼がふるりと体を震わせた。

嫌がられたのかと思って唇を離したら、真昼は「違いますよ」と困ったように笑い、体を寄せて「周くんはぬくぬくですね」と囁く。

「……肌寒いか？」

「そうですね、冷房まだタイマー切れてないみたいですし……」

冷房は温度こそ日中より高めに設定しているものの、それでも空気はかなり冷やされている。寝て数時間で切れるようにはしているが、やはり薄い寝間着では肌寒いのだろう。

そもそも真昼の寝間着が半袖《はんそで》のワンピースタイプなので二の腕が露出しているし、寒くても仕方ない。

「何なら俺が温めてやろうか？」

「あら、温めてくださるので？」

茶化《ちゃか》したように問いかけると、珍しく真昼も乗ってくる。

「どうしてほしい？」

「どうしてほしいと思います？」

「どうしてほしいんだろうなあ」

「当ててみてくださいな」

「……真昼もからかえなくなってきたなあ」

「ふふ、今回は負けませんよ」

「はいはい。じゃあそんな真昼さんにはこうしてやりましょう」

真昼を抱き締めたまま、ベッドに転がった。

腕の中でふわりと亜麻色の髪が踊り、カラメル色の瞳が驚いたように大きく見開かれる。

固まった真昼の頬に口付けを落としてから側にあった大きなタオルケットで自分達が包まれるようにかけると、ようやく何があったのかを理解したらしい真昼が周の胸に顔を寄せた。

「これなら二人とも温かいな」

「……はい」

「オプションサービスで腕まくらもついてくるぞ」

要るか？　と二の腕を差し出せば、小さく笑った真昼が遠慮がちに頭を乗せてくる。

随分と顔が近くなったな、と思いつつ周も笑うと、真昼の笑みが少し悪戯《いたずら》っぽいものに変化した。

「オプションサービス付きで今ならお値段なんと？」

「真昼に限り大特価明日の朝ご飯のオムレツで提供しよう」

「乗りましょう」

「もう乗ってるだろ」

二人で笑い合って、周はもう片方の空いた腕で真昼の背中に手を回して抱き締めながら瞳を閉じた。

あとがき

本書を手にとっていただきありがとうございます。

作者の佐伯《さえき》さんと申します。お隣の天使様第五巻、楽しんでいただけましたでしょうか。

という訳で二人がお付き合いしたところから本巻は始まるのですが、関係が変わったからといって急に何かが変わる訳ではなく、ただ少しずつ距離を詰めていく二人を描いた巻になります。

まあこれで周《あまね》くんがガンガン行こうぜタイプにフォルムチェンジしたら誰だお前案件なので私としては周君らしいかなと思ってます。それでもちょっとへたれを脱却しているところは褒めてあげてください。

天使で小悪魔な真昼《まひる》さんですが結局経験の浅さが出て周くんにしてやられるところもあるので今後も存分にうぶな真昼さんが見られる事でしょう。はねこと先生の素晴らしいイラストで表現されるのが楽しみですぐへへ。

そう、それから今回もはねこと先生のイラストが素晴らしかったです。可愛すぎか？？？

表紙は発売の季節にぴったりな爽《さわ》やかなイラストでほんと額縁に入れて飾りたいレベルです。

複製原画とかどうですか？

あと周くんがイケメン過ぎてどうしてお前これでモテないと思ってたんだ……？と小一時間問い詰めたいですね。はねこと先生の手によって格好良く描かれるのはありがたい限りなんですけども！

今後の巻もイラストがめちゃ楽しみです。見たいシーンはたくさんあるんだ……。


それでは最後になりますが、お世話になった皆様に謝辞を。

この作品を出版するにあたりご尽力いただきました担当編集様、ＧＡ文庫編集部の皆様、営業部の皆様、校正様、はねこと先生、印刷所の皆様、そして本書を手にとっていただいた皆様、誠にありがとうございます。

また次の巻でお会いしましょう。出てくれるよね。たぶん。

最後までお読みいただきありがとうございました！

ファンレター、作品の
ご感想をお待ちしています

〈あて先〉

〒105-0001
東京都港区虎ノ門2-2-1
SB クリエイティブ（株）
GA文庫編集部 気付

「佐伯さん先生」係
「はねこと先生」係

本書に関するご意見・ご感想は
右のQRコードよりお寄せください。

※アクセスの際や登録時に発生する通信費等はご負担ください。

https://ga.sbcr.jp/

お隣の天使様に
いつの間にか駄目人間にされていた件 5

発　行　2021年7月31日　初版第一刷発行
2024年10月18日　第二十刷発行
著　者　佐伯さん
発行者　出井貴完
発行所　SBクリエイティブ株式会社
〒105-0001
東京都港区虎ノ門2-2-1
装　丁　AFTERGLOW
印刷・製本　中央精版印刷株式会社

ISBN978-4-8156-1169-9
Printed in Japan
GA 文庫

ただ制服を着てるだけ

GA文庫

著：神田暁一郎　画：40原

同居相手は19歳。彼女が着てる制服はニセモノ。若手のエース管理職として働く社畜 堂本広巳。日々に疲れていた広巳は、偶然から関係を持った少女明莉が働く、ある店にハマってしまう――

「今日も……抜いてあげるね――」

そんな毎日の中、休日の職場トラブルで呼び出された広巳を待っていたのは、巻き込まれていた明莉だった!?

「私行くとこないんだよね―― お願い、一緒に住ませて！！」

突如始まった同居生活の中、広巳と明莉は問題を乗り越え二人で新たな道へと歩み始める。社畜×19歳の合法JK!?　いびつな二人の心温まる同居ラブストーリー、開幕。

第17回GA文庫大賞
GA文庫では10代~20代のライトノベル読者に向けた
魅力溢れるエンターテインメント作品を募集します！
書く、その先へ。
イラスト／はねこと
大賞賞金300万円+コミカライズ確約！
全入賞作品を刊行までサポート!!
◆募集内容◆
広義のエンターテインメント小説（ファンタジー、ラブコメ、学園など）で、日本語で書かれた未発表のオリジナル作品を募集します。希望者全員に評価シートを送付します。
※入賞作は当社にて刊行いたします。詳しくは募集要項をご確認下さい。
応募の詳細はGA文庫公式ホームページにて
https://ga.sbcr.jp/